Danilo Bonometti, Alessandro Cirillo, Francesco Cotti,
Paolo Fiorino, Giancarlo Ibba, Alessio Virdò

ULTIMA PARTITA

Danilo Bonometti, Alessandro Cirillo, Francesco Cotti,
Paolo Fiorino, Giancarlo Ibba, Alessio Virdò, ***Ultima partita***
 Prima edizione.
ISBN: 978-88-5539-428-4
Collana "Adrenalina", n. 23

EEE – Edizioni Tripla E
di Piera Rossotti
Str. Vivero, 15
10024 Moncalieri (TO)
www.edizionitriplae.it

Copertina di Alessandro Cirillo.

PREMESSA

Ultima partita è un romanzo breve nato dall'idea di sei autori, che si sono alternati a scrivere le varie "puntate" e, in alcuni casi, hanno scritto a quattro mani.

È stato un vero e proprio lavoro *in progress*, in quanto il romanzo è stato pubblicato nel corso di dieci settimane sul sito delle Edizioni Tripla E e, al termine di ogni puntata, venivano proposte ai lettori due alternative per continuare la storia, che i lettori hanno votato volta per volta tramite i social.

Questo thriller dall'azione veloce e dalle sequenze sorprendenti è il risultato finale.

I proventi derivanti dalla vendita di quest'opera saranno interamente devoluti alla Fondazione AIRC per la Ricerca sul Cancro.

Buona lettura!

– I –

Boschi nei dintorni di Consonno (LC)

L'aria fresca e carica dell'umido odore di sottobosco gli pizzicava le narici. Le suole degli scarponi di cui andava molto fiero, dei leggeri Stealth Plus GTX della Crispi, calpestavano il terreno fangoso e ricoperto di fogliame marcio. L'intera zona era stata infradiciata da un violento temporale che si era scatenato durante la notte e aveva rovesciato sul terreno una quantità d'acqua fuori dal normale. Le nuvole scure che coprivano il cielo minacciavano una nuova scarica a breve.

Le previsioni dell'Aeronautica Militare non sbagliano mai, pensò Lucio Rampi, mettendo il piede destro su una formazione di muschio verdastro cresciuta accanto a un albero caduto che gli sbarrava la strada. Lucio superò l'ostacolo con un balzo atletico. Anche se era alla soglia dei cinquant'anni, conservava un'invidiabile forma fisica.

Attraverso gli occhiali protettivi, le iridi di Lucio scandagliavano l'ambiente per individuare il percorso migliore da seguire. Tra le mani, avvolte in un paio di guanti tattici, teneva stretta la sua carabina M4 pronta al fuoco.

Lucio percorse una decina di metri prima di bloccarsi di colpo. Una leggera brezza gli accarezzò i capelli neri la cui attaccatura, con suo grande rammarico, si alzava ogni anno sempre più nonostante tutti i suoi tentativi di contrastare quel segno di invecchiamento. All'improvviso l'uomo sollevò un pugno per ordinare ai tre compagni sotto il suo comando di fermarsi, poi si inginocchiò per studiare l'anomalia notata sul terreno: un filo sottile e trasparente che sembrava galleggiare in aria a una decina di centimetri da terra. Osservò il filo che partiva da un albero dal tronco sottile e lo seguì per tutta la sua lunghezza, fino al punto in cui era collegato a un cilindro metallico nascosto in un cespuglio spinoso.

Una trappola esplosiva.

«Facciamo il giro di là» sussurrò ai compagni, indicando un percorso alternativo.

«Ok» rispose per tutti Giulio Cogni, sollevando un pollice. Con i suoi cinquantadue anni era il più anziano della squadra. Suo fratello Dino ne aveva solo due meno di lui. Giulio s'incamminò dietro Lucio, seguito da Dino e da suo figlio Gioele. Così come Lucio, anche loro indossavano una mimetica a tema boschivo e vest tattico per trasportare l'attrezzatura.

Il team leader proseguì aggirando la trappola. Ormai, erano quasi arrivati: l'obiettivo della missione era attaccare un vecchio capanno in disuso che sorgeva proprio in mezzo al bosco. La banda di Lucio non era l'unica incaricata di condurre l'assalto: altre tre squadre stavano convergendo sull'edificio, arrivando da direzioni diverse per cinturare l'area. Anche se i difensori si trovavano in inferiorità numerica, erano agguerriti e ben trincerati nel capanno e, inoltre, avevano il vantaggio più importante: quello di riceverli. Lucio sapeva che molti degli assaltatori sarebbero caduti sotto il fuoco nemico; conquistare l'edificio non sarebbe stato affatto semplice.

Pochi minuti più tardi il capanno era ormai in vista.

Si trattava di una semplice struttura in legno composta da un'unica stanza: il tetto triangolare ricordava due carte da gioco appoggiate in equilibrio una contro l'altra, tre dei lati presentavano ciascuno una finestra senza vetri mentre la porta, che un tempo sbarrava l'ingresso, era stata divelta parecchi anni prima. Dalla sua posizione Lucio poteva scorgere il lato destro del capanno. Notò un movimento rapido e intuì la forma di una testa che si muoveva dietro la finestra.

«Andiamo?» domandò impaziente Giulio, grattandosi il cranio rasato per mascherare la calvizie.

«Facciamo iniziare gli altri» propose saggiamente Gioele, vent'anni compiuti da cinque giorni. Il suo volto era nascosto dietro una maschera integrale raffigurante un teschio sulla quale ricadevano ciuffi disordinati di capelli castani. Tra le squadre d'assalto non esisteva alcun tipo di coordinamento: ciascuna attaccava quando era pronta.

«Sono d'accordo» dichiarò Lucio. «I primi ad andare all'attacco avranno più perdite.»

Non ci fu bisogno di dire altro, lo scontro si accese all'improvviso. Una nuvola di fumo bianco era apparsa tra un gruppo di alberi di fronte al lato principale del capanno e uno dei difensori, da una finestra, aveva fatto partire una raffica in direzione di quel segnale di presenza nemica. Dal bosco, diversi fucili scatenarono all'unisono la loro risposta.

«Hanno iniziato!» sentenziò Dino.

«Secondo me, è quel coglione di Loris che ha fatto scattare una trappola» sghignazzò Giulio, stringendo con forza il calcio della sua arma. Essendo il più robusto della compagnia gli toccava il compito più faticoso: imbracciare una mitragliatrice leggera.

Nascosto dietro un folto arbusto, Lucio osservava la scena. «Attacchiamo anche noi. Giulio, tu spara contro quella finestra, mentre noi cerchiamo di raggiungere l'ingresso.»

«Ricevuto!»

Giulio cercò un buon appoggio per la mitragliatrice. Trovò uno spesso ramo che poteva fare al caso suo, sistemò l'arma e la puntò verso la finestra mentre i suoi compagni si preparavano a uscire dal bosco per correre verso l'ingresso. Come gli accadeva ogni volta prima di un'azione, Lucio avvertì il cuore pompare al massimo della sua capacità e ogni suo muscolo tendersi sotto la spinta dall'adrenalina che gli scorreva nelle vene.

Dalla finestra che Giulio teneva sotto tiro giunse una scarica.

«Mi hanno preso!» urlò Dino, con un tono che esprimeva sorpresa e rabbia.

Se si fosse trovato in una vera operazione militare si sarebbe preso un proiettile in pieno petto e sarebbe stramazzato al suolo ma, trattandosi in realtà una partita di softair, si limitò ad alzare entrambe le mani al cielo e indietreggiare imprecando.

Giulio premette il grilletto e dalla canna della sua mitragliatrice partì una raffica di piccoli pallini di plastica che tempestarono rabbiosamente la finestra. Il motorino elettrico che faceva funzionare l'arma ronzò come un moscone impazzito.

«Muoviamoci!» incitò Lucio, rivolgendosi a Gioele. La coppia corse verso il capanno, coperta dal fuoco della mitragliatrice di Giulio. Una pioggia di pallini investì l'edificio. Dall'interno i difensori sputarono altre sventagliate di proiettili di plastica che misero rapidamente fuori gioco alcuni degli attaccanti.

Lucio scattò verso la casa tenendo la sua carabina in punteria per essere pronto a reagire a ogni minaccia. L'improvvisato assaltatore riuscì miracolosamente a raggiungere l'ingresso senza essere colpito e, una volta che si fu messo al riparo, appoggiò la schiena alla parete per riprendere fiato. Gioele lo raggiunse un istante più tardi poi altri due assaltatori sbucarono dal bosco di fronte e si posizionarono dall'altro lato dell'ingresso.

«Chi va prima?» chiese Loris, uno dei due nuovi arrivati. Evidentemente non era stato lui a far scattare la trappola.

«Dopo di voi, signori. Largo ai migliori» rispose Lucio. Un ghigno era comparso sotto la maschera che gli proteggeva la bocca dall'impatto dei pallini.

«Vai a cagare!» ribatté Loris. Detto ciò, lui e il compagno di squadra fecero irruzione nell'edificio, sparando all'impazzata. Entrambi furono centrati in pieno e immediatamente alzarono le mani, dichiarandosi fuori gioco. Lucio ne approfittò per sgusciare all'interno e fu veloce a trovare un riparo dietro a una barriera di legno posizionata appena oltre l'ingresso. Ne erano state installate mezza dozzina per simulare dei ripari. Gioele riuscì a seguire Lucio indenne, intanto che una grandinata di pallini scheggiava la parete.

Lucio stimò che fossero rimasti appena due difensori tra lui e la vittoria. «Ci sono Sandro e Tommy là dietro. Dobbiamo farli fuori. Io ti copro, tu cerca di avanzare» ordinò a Gioele.

«Va bene!»

«Al mio tre! Uno, due… tre!»

Lucio si sporse di lato dalla barriera e riuscì a colpire Tommy. Intanto, Gioele corse verso il riparo successivo. Lucio spostò la mira verso Sandro, ma prima di poter sparare avvertì alcuni pizzichi sulla pelle che segnavano la sua morte nel gioco. Una manciata di pallini lo aveva centrato al petto ed era rimbalzata sul pavimento.

«Porca trota!» imprecò Lucio.

Gioele colse l'occasione per colpire Sandro, strappandogli una sonora bestemmia. Ora che tutti i difensori erano stati eliminati, senza alcuna fretta, Gioele afferrò la bandiera rossa, che faceva bella mostra di sé appesa a un chiodo arrugginito. Poi tolse la maschera e sfoderò un radioso sorriso, sventolando trionfalmente il trofeo in direzione di Lucio. La partita era finita con la vittoria degli attaccanti.

Mezz'ora più tardi, tutti i giocatori erano riuniti fuori dal bosco. Le loro automobili erano parcheggiate lungo una strada interrotta che conduceva a Consonno, paese disabitato in provincia di Lecco. In tutto erano una ventina, chiacchieravano e fumavano allegramente mentre riponevano armi e attrezzatura nei bagagliai. La domenica mattina era passata in fretta ed era ormai ora di pranzo. L'adrenalina del combattimento era scemata e i giocatori si preparavano a tornare alle loro vite di tutti i giorni.

«Meglio sbrigarsi che tra poco ne viene giù a secchiate» commentò Giulio, guardando il cielo grigio attraverso le lenti degli occhiali da vista.

«Sì, mi sa che abbiamo finito appena in tempo» gli fece eco Dino. Al contrario della testa del fratello, del tutto calva, la sua era coperta da una folta chioma di capelli grigi. A pochi passi da loro, Gioele stava discutendo animatamente con uno dei giocatori, quello rimasto per ultimo a difendere il capanno.

«Non dire cazzate! Ti avevo colpito!» accusò Sandro,

sistemando una granata fumogena all'interno di un borsone.

«Ma vaffanculo! Mi è passata vicina una scarica, ma non mi ha preso» ribatté Gioele, spostando un ciuffo di capelli.

«Certo che ti ho preso! Ti avevo avvisato che non mi piacciono gli immortali.»

Il softair era uno sport che si basava sull'onestà dei partecipanti, non essendoci arbitri a regolare le partite. Si contava sul fatto che un giocatore colpito lo avrebbe dichiarato subito e avrebbe abbandonato sportivamente lo scontro ma, purtroppo, non sempre ciò accadeva. I giocatori che erano restii a dichiararsi colpiti venivano chiamati "immortali".

«Non sono un immortale!»

Lucio si avvicinò ai due litiganti, tra le mani aveva una sigaretta quasi del tutto consumata. «Basta, ragazzi! Ma davvero volete rovinarvi la giornata?» intervenne.

«Non voglio rovinarmi la giornata. È solo che non mi piace essere preso per il culo.»

«Io non ho preso per il culo nessuno, lo giuro!» insistette Gioele, posandosi una mano sul petto.

Sandro agitò una mano come a scacciare una mosca per sottolineare che non credeva al giuramento di Gioele. «Sì, sì. Lasciamo perdere...»

«Ma io...» tentò timidamente di ribattere il ragazzo.

Dino posò una mano sulla spalla del figlio e lo fece allontanare. «Dai, lascia stare. Certa gente non sa perdere.»

Lucio rimase solo con Sandro. «Hai recuperato tutti i fumogeni?» domandò, per cambiare argomento e tentare di stemperare la tensione.

«Sì» rispose l'uomo, scocciato.

«I nastri li hai tolti?» domandò di nuovo, riferendosi alle fettucce bianche e rosse che venivano usate per delimitare l'area di gioco.

«Tutto fatto» fu la laconica risposta di Sandro.

«Bene. Grazie.»

Era passato poco più di un quarto d'ora dalla discussione tra Gioele e Sandro e la maggioranza dei giocatori era ormai andata via. L'unico veicolo ancora parcheggiato a lato della strada era l'impolverato Dacia Duster di Lucio, con il quale viaggiavano anche i componenti della sua squadra.

Lucio e Giulio erano chini sul vano motore aperto, il cui portellone faceva sembrare il SUV un grosso animale pronto a inghiottirli.

«Secondo me la centralina è fottuta» sentenziò Giulio, scuotendo pensosamente la testa.

«Ma com'è possibile, così all'improvviso?» domandò Lucio, sconsolato. Tra le sue labbra penzolava una sigaretta appena accesa.

«Così va il mondo. Un attimo prima le cose funzionano e l'attimo dopo si guastano» ironizzò Gioele.

«Da qui non ci si muove. Bisogna chiamare il carro attrezzi» sentenziò Giulio, dando un'occhiataccia al ragazzo.

Lucio sbuffò. «Che palle! Meno male che ho il soccorso stradale compreso nell'assicurazione.»

L'uomo recuperò il suo smartphone e chiamò il carro attrezzi. A quel punto, non rimaneva che attendere: i quattro decisero di aspettare seduti nel veicolo.

Neanche cinque minuti dopo un SUV nero sopraggiunse dalla stradina e si fermò a pochi metri dal Duster.

«E questi chi sono?» domandò nervosamente Giulio,

seduto nel posto del passeggero anteriore.

«Non lo so, ma di sicuro non sono quelli del soccorso stradale» rispose Lucio.

Dal SUV nero sbucarono cinque uomini, tutti dal fisico atletico, vestiti con pantaloni cargo e giacche sportive. I loro volti erano insolitamente seri. Il piccolo drappello puntò con decisione verso il Duster.

Quella vista allarmò Lucio. «E questi che vogliono adesso?»

Un tizio biondo con gli occhi azzurri, parzialmente nascosti dietro a un paio di occhiali da vista dalle lenti rotonde, infilò la mano nella giacca e tirò fuori un tesserino plastificato. Da sotto il suo naso spuntavano un paio di folti baffi con le punte rivolte all'insù. Si avvicinò dal lato sinistro del SUV e appoggiò il tesserino contro il finestrino del guidatore. Lo tenne così giusto un paio di secondi, poi bussò sul vetro.

Nel silenzio inquieto che regnava all'interno dell'abitacolo, Lucio cercò la maniglia e fece scattare l'apertura della portiera. Il biondo fece subito due passi indietro, in modo che il guidatore potesse aprire lo sportello.

«Buongiorno, sono l'ispettore Leone della Polizia di Stato. Potete scendere dall'auto, per favore?» domandò con educazione l'uomo con i baffi.

Lucio deglutì saliva. «Per quale ragione?»

«Non si preoccupi, abbiamo solo bisogno di farvi alcune domande» rispose Leone, sfoderando un sorriso cordiale.

«Domande? Se è perché qualcuno ha segnalato la presenza di persone armate nel bosco, guardi che siamo giocatori di softair. La caserma dei Carabinieri di Olginate è stata avvisata.»

«Sì, questo lo so. Non è di questo che ho bisogno di

parlare con voi.»

«Allora di che si tratta?»

«Scendete dall'auto e lo saprete.»

Lucio si voltò verso Giulio, percependo una nota di preoccupazione sul suo volto.

«Forza, non ci vorrà molto» li esortò Leone.

Il quartetto di amici obbedì controvoglia alla richiesta e, un attimo dopo, si ritrovò allineato davanti al Duster. Leone e i suoi uomini erano schierati di fronte a loro come un plotone d'esecuzione in procinto di giustiziare dei condannati.

«Voi siete i signori Giulio e Dino Cogni, giusto?» iniziò Leone.

I fratelli annuirono all'unisono.

«Mi risulta che ieri mattina il signor Giulio è stato contattato da un certo Giorgio Bassich. È corretto?»

Giulio ebbe un impercettibile sussulto. «Sì, è corretto...»

«Se non sbaglio vi conoscete da molto tempo.»

«Sì, praticamente da quando eravamo bambini.»

«Lei è al corrente del fatto che il signor Bassich è indagato per associazione a delinquere finalizzata allo traffico di stupefacenti?»

Una risata nervosa uscì dalla bocca di Giulio. «Ma che diamine sta dicendo? Non è possibile. Lui lavora all'ambasciata italiana a Tripoli...»

Leone rimase impassibile. «È un agente dell'AISE, a voler essere precisi.»

«Dell'AISE? Ma figuriamoci... Dino, hai sentito?» domandò Giulio, rivolto al fratello.

Dino non riuscì a rispondere.

Leone proseguì con le sue domande. «Di recente è stato emesso un mandato di cattura internazionale nei confronti di Bassich e di due suoi complici: Paolo Ferrone e Linda Moser. Ha mai avuto contatti con queste due persone?»

«Certo che no!» esclamò Giulio, con la voce che tradiva una punta di nervosismo.

«E lei, signor Dino?»

«Ehm, no. Mai sentiti» rispose Dino, dopo un istante di esitazione.

«Posso sapere cosa vi siete detti lei e Bassich?» indagò Leone, fissando Giulio con occhi da predatore.

La fronte di Giulio iniziò a imperlarsi di sudore, nonostante la brezza fresca che soffiava smuovendo le foglie degli alberi. «Ma niente... Non siamo stati molto al telefono. Mi ha detto che era tornato in Italia per qualche giorno e mi ha chiesto di incontrarci. Siamo rimasti d'accordo che ci saremmo risentiti domani.»

«Quindi, non vi siete ancora incontrati?»

«No, no. Ancora no.»

Leone rimase in silenzio per qualche istante. Lucio scambiò uno sguardo interrogativo con Gioele: non ci stava capendo nulla.

«È proprio sicuro che non vi siete incontrati, magari nei pressi del centro commerciale di Olginate?»

Lucio notò il volto dell'amico sbiancare, anche se sembrava sforzarsi di mantenere la calma. *Ma che diavolo sta succedendo?*

«Non mi risulta.»

Finalmente, Dino trovò la forza di intervenire in aiuto del fratello. «Senta, ispettore, qui mi pare che state prendendo un granchio. Noi siamo estranei a qualsiasi cosa possa aver fatto Bassich. Perciò, se volete continuare questa conversazione, dovrete farlo in presenza del nostro avvocato.»

Il naso di Leone si arricciò facendo scattare le punte dei baffi. «Capisco» esclamò, annuendo. A quel punto si voltò verso i suoi uomini e fece un cenno con la testa. In un attimo, quattro pistole spuntarono fuori dalle giacche e puntarono minacciose verso il gruppo di amici.

«Ehi, ma che succede?» chiese Lucio allarmato. Le sue gambe erano diventate improvvisamente molli come panna cotta.

«Mi sembra evidente che non avete alcuna intenzione di collaborare, quindi cambiamo metodo. Ragazzi, impacchettateli!»

Usando modi bruschi, gli uomini di Leone perquisirono i giocatori di softair. Requisirono loro smartphone e ogni altro oggetto personale; uno di loro sottrasse il pacchetto di sigarette a Lucio e se lo infilò in tasca. Misero il resto degli oggetti in un sacchetto di tela poi, per finire, immobilizzarono i polsi dei prigionieri dietro la schiena utilizzando delle fascette di plastica. Gioele sussultò, mostrandosi il più terrorizzato di tutti.

«Non avete diritto di fare questo! Nemmeno se siete poliziotti!» protestò Lucio.

«Io non credo che lo siano» sentenziò Giulio in tono lugubre.

«Che significa che non sono poliziotti?» esclamò Lucio. «E allora chi siete?» continuò poi, rivolgendosi a Leone.

«Andiamo!» tagliò corto il finto ispettore, senza rispondere alla domanda.

«Andiamo dove?» volle sapere Lucio.

«In un posto tranquillo dove poter parlare lontano da occhi indiscreti.»

«Abbiamo chiamato il soccorso stradale. Arriveranno

a momenti» tentò di opporsi Dino, che non appariva affatto tranquillo all'idea di trovarsi a tu per tu con quegli individui.

«Non arriverà nessuno» lo stroncò Leone poi, detto ciò, s'incamminò verso il bosco, mentre i suoi sgherri costringevano i prigionieri a muoversi pungolandoli con le canne delle pistole.

Gioele sembrava essere vicino ad avere una crisi di panico. «Papà, dove ci portano?»

«Silenzio!» sbraitò uno degli uomini, piazzando un robusto schiaffo alla nuca del ragazzo.

«Ehi, lascia stare mio figlio!» si adirò inutilmente Dino.

Il tizio, dai capelli ricci e con una folta barba che gli incorniciava il mento, lo guardò in tralice. «Zitto o ce n'è anche per te!»

Dino ricambiò lo sguardo, ma desistette dal replicare qualcosa. In fondo, con le mani immobilizzate non avrebbe potuto fare nulla.

Il gruppo proseguì tra gli alberi per qualche minuto, in completo silenzio. Alcune gocce di pioggia iniziarono a cadere sulle foglie rimaste ancora attaccate ai rami.

«Ci mancava solo la pioggia» borbottò Leone.

Camminando a testa bassa, Lucio aveva capito dove li stavano portando: il paese disabitato di Consonno. Una volta arrivati, nessuno avrebbe disturbato i sequestratori dal fare qualsiasi cosa avessero in mente. Il fatto che si fossero spacciati per poliziotti non deponeva di certo a loro favore.

Saranno criminali? La mafia o magari la 'ndrangheta?, pensò.

Poteva essere, ma non era convinto. Gli uomini avevano un fisico e un modo di agire che ricordava molto quello dei militari addestrati.

E se fossero dei servizi segreti?

Plausibile, in fondo avevano detto che quel Bassich era dell'AISE. Ma cosa avevano a che fare con Dino e Giulio? In che guaio si erano messi i suoi più cari amici?

Mentre troppe domande gli affollavano la mente, qualcosa attirò la sua attenzione: lo stesso oggetto che aveva notato durante la partita. Si trattava di una delle trappole utilizzate dai difensori del capanno. Sandro doveva aver dimenticato di ritirarla e, preso dalla discussione con Gioele, era possibile che non ci avesse fatto caso. Quel piccolo aggeggio cilindrico in grado di produrre fumo poteva rappresentare un'occasione di fuga. Lucio rifletté sul fatto che facendo scattare la trappola, l'effetto sorpresa avrebbe potuto regalargli preziosi secondi per provare a scappare. Certo, aveva le mani legate, ma sapeva correre ancora veloce. Inoltre, conosceva bene quei boschi e il caos creato avrebbe potuto spingere i suoi amici a fuggire a loro volta. Aveva buone possibilità di riuscire a seminare gli inseguitori e chiamare aiuto. Di contro, c'era la possibilità che i sequestratori sparassero alle spalle a lui o ai suoi amici.

È un rischio molto grande da correre.

La trappola era meno di due metri, proprio davanti a lui. Nessuno sembrava essersene ancora accorto. Doveva decidere in fretta: tentare oppure no?

– II –

Un metro. Doveva decidersi o avrebbe perso l'opportunità. Lucio continuò a camminare, preparandosi a scattare. Valutò di prendere a sinistra, dove gli alberi erano più fitti.

Al diavolo! Ci provo!

Ancora due passi e lo scarpone toccò il filo collegato con la spoletta della granata fumogena. Il dispositivo di sicurezza scivolò via dall'asola e, immediatamente, una striscia di fumo bianco iniziò a uscire accompagnata da un sibilo. Tutti furono colti di sorpresa e Lucio ne approfittò per scattare a sinistra. L'uomo con la barba inquadrò la schiena del fuggitivo nella tacca di mira della propria pistola.

«No, Marco!» lo fermò Leone. «Vai a prenderlo!»

Lucio correva a perdifiato muovendosi a zig zag in mezzo agli alberi, senza mai voltarsi per non rallentare la propria disperata fuga. Si aspettava da un momento all'altro di sentire dei colpi di pistola e il dolore, improvviso e lancinante, di un proiettile nella schiena, ma per qualche ragione tutto ciò non accadeva ancora. Il rumore di passi alle sue spalle gli faceva capire che qualcuno lo stava inseguendo. Il fatto che non gli avessero ancora sparato gli diede un po' di speranza e una scarica di rinnovata energia: probabilmente lo volevano prendere vivo.

«Fermo o sparo!» intimò l'inseguitore.

Col cavolo!, pensò Lucio continuando a correre. Dopo pochi secondi, raggiunse un punto in cui gli alberi si diradavano. Non aveva una direzione precisa su cui puntare, l'importante era seminare l'inseguitore. D'un tratto, la punta rinforzata del suo scarpone agganciò una radice sporgente e in un attimo si ritrovò a ruzzolare per terra, senza la possibilità di proteggersi per via delle mani legate dietro la schiena. Finì la sua corsa in mezzo a un mucchio di foglie marce. Marco lo raggiunse poco dopo, con un lieve accenno di fiatone. Gli sferrò un violento calcio allo stomaco che gli tolse il fiato.

«Dove credevi di andare, eh?»

L'aguzzino fece rialzare il prigioniero senza troppe cerimonie, poi gli spinse con rabbia la canna della pistola sotto il mento. «Vedi di non fare altri scherzi o ti faccio un buco in faccia!»

Una decina di minuti più tardi, il gruppo raggiunse la meta.

La piccola Las Vegas, pensò Lucio, mentre trascinava gli scarponi lungo una strada dissestata. Così era stata soprannominata Consonno negli anni Settanta, prima che una enorme frana sull'unica via di accesso segnasse la fine del suo breve periodo di fama e gloria. Mezzo secolo dopo, tuttavia, le rovine di quell'epoca d'oro erano ancora visibili, tra il degrado degli edifici principali, le macerie, la triste vegetazione che si riprendeva il suo spazio e la natura che s'infiltrava in ogni costruzione artificiale. Preoccupato dalla piega presa dagli eventi, Lucio alzò gli occhi dall'asfalto e batté nervosamente le palpebre. Tra tutte le strutture, quella che spiccava di più era l'edificio noto come "il Minareto". La sua guglia bulbosa si stagliava ancora, alta e fiera, contro le nuvole di un cielo livido come un brutto ematoma. Nonostante la pioggia, l'aria nelle strade vuote di Consonno odorava di polvere e decadenza. Il contrasto con il profumo fresco del sottobosco era netto: era come uscire il pomeriggio dall'asilo e tornare a casa la sera dai nonni.

Le cupe riflessioni di Lucio vennero bruscamente spezzate da una voce secca e autoritaria che riecheggiò tra le mura scrostate, i vicoli ombrosi e le finestre rotte della cittadina abbandonata. Dopo alcuni minuti, trascorsi in una specie di alienata rassegnazione, Lucio tornò improvvisamente lucido e concentrato sul presente.

«Muovete quei cazzo di piedi!» tuonò Leone, fermandosi proprio sotto lo svettante Minareto. Teneva i pollici agganciati alla cintura, in una aggressiva posa militare. Guardò verso la porta sventrata che conduceva nelle viscere della grande costruzione, dove un tempo erano ospitati diversi negozi. «Marco, Franco! Portate lì dentro questi cazzari con le pistole finte. Voglio interrogarli al coperto, senza il rischio di prendermi un malanno.» Poi si rivolse agli altri due scagnozzi. «Voialtri state qui fuori di guardia, casomai si facesse vivo qualche altro giocatore di softair o, peggio, uno di quei coglioni a caccia di fantasmi.»

Spingendo sgarbatamente i prigionieri con le canne delle loro armi, Marco e Franco eseguirono l'ordine.

«Ehi!» protestò Dino, quando il mirino gli pungolò la schiena. «Cosa volete farci?»

Giulio tentò di ribellarsi e piantò i piedi per terra come un mulo. «Non potete trattarci così!»

L'uomo alle sue spalle, quello di nome Franco, gli piazzò una forte manata sul collo, facendolo piegare per il colpo. «Finiscila di rompere le palle! Non è più un gioco. L'hai capito o no?» ringhiò.

«Bastardi!»

Seppur con le mani legate dietro la schiena, Lucio scattò nella direzione dell'amico per soccorrerlo. Gli altri due sgherri di Leone gli si piazzarono davanti. Bastò la loro imponente mole da marcantoni per farlo desistere. Si fermò all'istante, scivolando con le suole sullo strato di foglie marce e limo che ricopriva l'asfalto. Demoralizzato, rivolse uno sguardo rabbioso verso il loro comandante.

Sorridendo, Leone sfilò i pollici dalla cintura e sollevò il mento squadrato. «Credi di impressionarmi?» disse. «Ho sepolto gentaglia ben più pericolosa di te.»

Udendo quelle parole, i quattro prigionieri ammutolirono. Tra tutti, quello più terrorizzato era sempre il giovane Gioele: il suo sguardo ricordava quello di un bambino dentro la casa degli orrori del Luna Park.

«Dentro, adesso!» abbaiò Leone, avviandosi. «Voi quattro stronzi mi avete fatto perdere già troppo tempo.»

Mentre un vento ghiacciato iniziava a soffiare tra le vestigia di Consonno, il silenzioso gruppo entrò in fila indiana nell'ombra dell'edificio puzzolente di muffa e, dopo un paio di svolte, attraversò le porte di un vecchio negozio di abbigliamento femminile. La coppia di gorilla era rimasta fuori, di guardia, sotto la pensilina.

Nonostante gli effetti dell'abbandono, all'interno del negozio il tempo sembrava essersi fermato. Proprio davanti all'ingresso c'era il bancone delle casse, ridotto ormai a un ammasso di legno infestato dalle tarme; a sinistra alcune vetrate, oscurate dalla sporcizia accumulata nei decenni e da ragnatele di crepe intorno ai buchi frastagliati prodotti dai sassi lanciati dai ragazzini annoiati. Quelle pietre giacevano ancora sul pavimento ricoperto di fango secco, lattine di birra e involucri di merendine.

Sul lato destro si apriva un vasto locale, basso e scuro come una caverna, da cui emergevano le inquietanti sagome di alcuni manichini nudi. Congelate in pose innaturali, quelle calve e grigie figure spettrali assomigliavano a cadaveri congelati.

«Molto bene!» esclamò Leone, sfregandosi le mani. «L'atmosfera qui dentro è quella giusta!»

Udendo quella voce tonante, i nugoli di topi nascosti nel controsoffitto fuggirono, lasciandosi dietro una pioggerellina di polvere e il rumore delle unghie che grattavano freneticamente il cartongesso. Gioele rabbrividì.

«Franco, prendi un paio di sedie dietro il bancone e portale qui. Facciamo accomodare i nostri ospiti» ordinò Leone, strizzando gli occhi nella penombra. Fuori dal negozio, la pioggia scivolava leggera sulle finestre, producendo un suono simile a quello dei topi in fuga.

Muovendosi con rapidità, Franco fece come gli era stato ordinato, trascinando due sedie e piazzandole una di fronte all'altra. Nel frattempo, con la pistola minacciosa di Marco puntata addosso, i prigionieri si guardarono intorno con espressione tesa e preoccupata. Il negozio era stato razziato e vandalizzato e tuttavia, oltre ai pallidi manichini, nei cubicoli degli spogliatoi e tra le scaffalature vuote c'erano accumuli di spazzatura non identificabile. Con un paio di falcate decise Leone si avvicinò a quello più vicino, si piegò sul ginocchio e vi frugò dentro con energia. Dopo qualche secondo, trovò qualcosa che lo fece rialzare con una smorfia soddisfatta.

Intanto che l'uomo si riavvicinava, Lucio notò che teneva nella mano destra un lungo pezzo di cordino lercio.

Un legaccio per degli stivali da donna, ipotizzò, deglutendo a fatica.

Nella sinistra, invece, stringeva lo stilo vuoto di una

penna a sfera.

Che intenzioni ha? pensò, lanciando un'occhiata ai suoi compagni di disavventura. Dino pareva voler cercare di rassicurare con lo sguardo Gioele, Giulio ostentava invece un atteggiamento di sfida.

Per nulla intimidito, Leone si diresse proprio verso i due fratelli. Indicò le sedie di plastica sbiadita. «Sedetevi!» ordinò.

«Vi prego, lasciateci andare» supplicò Dino.

«Liberateci! Questa pagliacciata è durata già troppo!» aggiunse Giulio, di nuovo sprezzante.

Rigirando il cordino e la penna tra le dita pelose, Leone ridacchiò. «Ah, sì?»

Poi fece un cenno con il mento ai suoi aiutanti. Senza esitare un attimo, quegli energumeni iniziarono a tempestare di calci e pugni gli inermi Gioele e Lucio. L'improvvisa gragnuola di colpi scatenò un concerto di lamenti di dolore. Lucio, ritrovatosi steso sul pavimento lercio, si rannicchiò in posizione fetale nel tentativo di proteggere gli organi vitali, seppur limitato nei movimenti dai polsi bloccati dietro la schiena. Franco e Marco infierirono su lui e Gioele con le punte rinforzate degli scarponi. I tonfi sordi dei colpi inferti riecheggiarono tra le lunghe corsie marcescenti del negozio.

«Basta! Basta!» urlò Dino, sputando saliva. «Falli smettere!»

Leone si grattò il mento. «Smetteranno quando voi metterete il culo su quelle sedie» replicò.

«Va bene, va bene!» sbottò Giulio, correndo a sedersi. La plastica logora scricchiolò sotto il suo peso. Il fratello lo imitò pochi istanti dopo, con gli occhi che bruciavano di rabbia e lacrime.

«Soddisfatto ora?» domandò il fratello maggiore.

«Abbastanza» disse Leone, alzando una mano per fermare la furia dei suoi uomini.

Tra gemiti e lamenti, pieni di lividi, Gioele e Lucio si contorcevano sulle mattonelle come vermi infilzati su un amo. La coppia di aguzzini, come se niente fosse, li osservò rintanarsi contro il bancone per leccarsi le ferite.

«Per un po' questi scemi non romperanno più le scatole» osservò Marco.

«Meglio così» commentò Leone, annodando insieme le due estremità del laccio. «Ultima possibilità: voglio solo sapere dove avete nascosto Bassich. Non ce l'ho con voi, credetemi, ma vi farò molto male se non vi decidete a parlare. Quando mi ci metto, so essere davvero un sadico figlio di puttana.»

Nella penombra del negozio, Dino e Giulio si scambiarono un rapido sguardo d'intesa.

Il dettaglio non sfuggì all'attento Leone. «D'accordo...» disse, dopo un breve sospiro di rassegnazione. «L'avete voluto voi.» Poi, si rivolse al più silenzioso dei suoi scagnozzi. «Franco, sai cosa fare.»

L'uomo annuì, fece un paio di passi e colpì Gioele alla testa con il pesante calcio della pistola. Urlando per il dolore, il ragazzo rotolò di nuovo sul pavimento, scalciando la sporcizia.

Impassibile, Franco gli restò addosso e gli premette la canna della pistola dritta sulla nuca.

«No!» strillò Dino. «Loro non c'entrano! Lasciateli stare!»

A quell'uscita, Lucio restò sbalordito. *Che cosa significa? Allora sanno davvero qualcosa?*

Rimanendo in silenzio, Leone camminò lentamente intorno ai due fratelli. «Va bene, mi sembra giusto» disse a un certo punto, annuendo. «Siete voi a dovermi rispondere, però non mi sembrate molto collaborativi. Temo che ci sia bisogno di metodi più persuasivi e a questo proposito mi è appena venuta in mente un'idea simpatica. La volete sapere?»

La domanda non ricevette risposta. Leone mostrò un'espressione dispiaciuta. «Ok, non lo volete sapere, ma ve lo dico lo stesso. Farò decidere al vostro amico con chi dovrò cominciare tra voi due.»

La fronte coperta dai radi capelli fradici di pioggia e sudore, Lucio sgranò gli occhi e smise di contorcersi. «Cosa?» domandò, con voce tremante.

Franco gli spinse con forza la canna della pistola contro il retro del collo, costringendolo ad abbassare il capo.

«Hai capito benissimo, coglionazzo» sentenziò Leone, alzando il polso sinistro. Fissò le lancette del suo orologio, un costoso Traser H3 Pathfinder. «Voglio che decidi con chi devo prendermela. Se non mi dai un nome entro dieci secondi, ti farò male, così tanto male che mi pregherai di ucciderti. Che te ne pare? Non ti sembra un gioco più intrigante di quelli che fate solitamente?»

Con le lacrime che gli scorrevano sulle guance, scavando solchi rosa sulla pelle sporca, Lucio spostò lo sguardo attonito prima su Gioele e poi sui due fratelli, ora ammutoliti. Nascondevano qualcosa, ormai era chiaro.

Tuttavia, scegliere chi di loro dovesse essere torturato non era affatto facile.

«Cinque secondi» annunciò Leone.

Lucio deglutì a secco. Una cosa era certa: quel tizio non stava bluffando.

– III –

Quando la sottile lancetta completò l'ultimo giro del conto alla rovescia, Leone distolse lo sguardo dal suo orologio. «Tempo scaduto» annunciò. «Dammi un nome, coraggio.»

Con la canna della pistola, Franco diede un colpo sulla nuca di Lucio. «Sbrigati!» ringhiò.

Porca trota, pensò Lucio, serrando le mascelle. *Chi scelgo?*

Un'intensa scarica di rabbia gli percorse tutto il corpo: come poteva quell'individuo chiedergli di fare una scelta del genere? Giulio e Dino erano tra i suoi più cari amici, non sarebbe mai stato in grado di scegliere chi dei due doveva essere torturato. Quella consapevolezza gli diede la risposta all'insensato quesito: non avrebbe fatto nessuna scelta.

«E così vuoi fare l'eroe» commentò sarcastico Leone. «L'uomo tutto d'un pezzo che si sacrifica per i suoi amici. Non vi sembra una storia bellissima?» chiese ai suoi uomini.

Appoggiato al lurido bancone, Marco sputò per terra e sentenziò: «Stiamo perdendo tempo, capo».

Leone fulminò il suo sgherro con un'occhiata radioattiva, mentre si portava alle spalle di Lucio. «Ti stai annoiando?» domandò, giocherellando con i lacci annodati e la penna.

«No» rispose lui «ma... nel frattempo che tu cazzeggi

con questi stronzi, Bassich guadagna terreno.»

«Giusto» assentì Leone. «Quindi ora velocizziamo lo spettacolo.»

Detto ciò, lesto, infilò il cappio formato dal laccio sulla testa della vittima prescelta e lo tirò giù fino alla base del suo collo. Colto di sorpresa, Lucio non riuscì a reagire per alcuni istanti e Leone ne approfittò per fare passare la penna tra la sua pelle sudata e il ruvido cordino. Senza esitazione, l'aguzzino cominciò a ruotare la Bic. Il legaccio si strinse subito, trasformandosi in un'improvvisata garrota che scavò un solco doloroso nella carne della vittima.

Sentendo la pressione chiudergli la trachea, Lucio strabuzzò gli occhi nelle orbite e iniziò a soffocare. Vedendo l'amico diventare livido e gonfio in volto, Giulio urlò: «Fermo! Lascialo! Tortura me!»

Ignorandolo, Leone diede un altro giro alla penna. La plastica vecchia scricchiolò e il laccio affondò ancora di più nella gola congestionata del malcapitato, spingendolo a un passo dall'incoscienza, mentre l'afflusso di sangue al suo cervello rallentava pericolosamente.

Leone assunse l'espressione di un divulgatore televisivo. «Sapevate che gli spagnoli usarono la garrota per secoli?» spiegò, sornione. «Era il loro strumento di morte preferito.»

Contorcendosi sulla sedia, Lucio prese a gorgogliare, sbavare e strisciare gli scarponi sul pavimento.

«Così lo ammazzi!» implorò Dino, in lacrime. «Smettila, ti supplico!»

Di colpo Leone iniziò a ruotare la penna nel senso opposto poi, quando ebbe allentato a sufficienza la tensione, la sfilò dal nodo che aveva creato.

Il legaccio sulla gola di Lucio si allargò di colpo e il

poveretto riuscì a risucchiare un filo d'aria, solo un attimo prima che la mancanza di ossigeno lo facesse svenire. Lucio cominciò a tossire, ma il colorito rossastro della sua faccia sbiadì velocemente.

Con le gambe molli per la paura, Dino tirò un sospiro di sollievo e si accasciò sulla sedia cigolante.

«Che ti prende, capo?» sbottò Franco. Dal suo posto accanto al bancone, Marco scosse la testa e bestemmiò sottovoce.

«Niente, riflettevo sul fatto che questo tipo ha dimostrato di essere un vero amico per quei due» replicò Leone, togliendo il legaccio dal collo di Lucio. «Però a quegli ingrati non sembra importare, altrimenti mi avrebbero detto quello che voglio sapere. Forse c'è bisogno di rendere il gioco un po' più interessante.»

«Ti sembra un gioco, razza di psicopatico?» sbraitò Giulio.

«Tutta la vita è un cazzo di gioco, dovresti saperlo.» Leone rise, fece ruotare il cerchio floscio del legaccio sul dito indice e avanzò dietro le spalle di Gioele.

Dino strabuzzò gli occhi. «Lascialo stare!»

«Se lo sfiori, giuro che ti ammazzo!» rincarò Giulio, balzando in piedi.

A quel punto, sempre più irritato, Marco lasciò il bancone e a grandi passi raggiunse Giulio. Gli sferrò un pugno dritto al fegato che lo scagliò di nuovo sulla sedia.

«Stai giù, coglione!» sbraitò, poi gli puntò la pistola alla tempia. «Non ho mai comprato neanche un gratta e vinci, io! Odio qualsiasi gioco, quindi facciamola finita!»

Il sorriso svanì dalle labbra di Leone. «Mi scoccia darti di nuovo ragione, Marco, però adesso inizio ad annoiarmi anch'io» disse. «Non volete parlare, eh? Beh, allora è arrivato il momento di fare sul serio.»

Vedendolo arrivare, terrorizzato, Giole strisciò indietro sul pavimento lercio di fango, cartacce e calcinacci, rannicchiandosi contro l'angolo interno del bancone a "L".

«Aiuto, papà! Aiutami!» strillò.

Sempre tenendo sotto controllo Lucio, Franco lo seguì con lo sguardo e sogghignò. «Senti come frigna il ragazzino.»

«Ancora per poco» ribatté Leone, poi afferrò il colletto della giacca di Gioele, lo fece ruotare come un bambolotto di pezza e gli si piazzò dietro la schiena, spingendogli il ginocchio contro la spina dorsale. Il ragazzo si agitò, cercando di divincolarsi, ma la disparità di forze rendeva tutto inutile. Leone gli ficcò l'improvvisata garrota intorno alla gola sottile ma si fermò prima di stringere il cappio, mettendo in scena un teatrale e macabro momento di suspense.

«Dai, il gioco è bello quando dura poco» protestò ancora Marco, osservando la scena con l'aria di chi aveva perso la pazienza. Un sinistro sorriso comparve sulla bocca di Leone.

Ormai nel panico, incurante del pericolo, Dino scattò in piedi. «Lascia stare mio figlio!» urlò.

Anche Lucio si alzò, pronto a reagire, sfruttando la momentanea distrazione di Franco. All'improvviso, mentre all'esterno esplodeva il boato di un tuono così vicino da far vibrare la vetrata e tintinnare i vecchi lampadari, Marco si rese conto che la situazione stava precipitando. Spostò la pistola dalla tempia di Giulio e la puntò verso Dino. «Non muoverti o ti faccio saltare le cervella!» intimò.

Mentre la sua minaccia ancora risuonava nell'aria,

all'improvviso, approfittando del momento, Giulio gli balzò addosso, caricandolo come un toro durante una corrida. Lo colpì con la testa all'altezza delle reni con tutta la forza che aveva accumulato nelle gambe, facendogli perdere l'equilibrio. Marco cadde in avanti. Per attutire l'impatto e proteggere la faccia, l'uomo mollò la pistola e protese le braccia verso il pavimento. A causa dello slancio eccessivo, anche Giulio perse l'equilibrio. Entrambi finirono a terra, scivolando sul vecchiume putrido. In un attimo, i due finirono aggrovigliati in una specie di lotta greco-romana, resa impari dal fatto che Giulio aveva le mani legate dietro la schiena.

Mentre Giulio e Marco combattevano a terra per raggiungere la pistola, rotolata sotto la sedia di Dino, quest'ultimo si scagliò verso Leone, nel tentativo di allontanarlo dal figlio.

In mezzo a quella confusione, Franco sembrò risvegliarsi da un colpo di sonno improvviso: dimenticò di avere Lucio in piedi a pochi passi e si girò verso il compagno a terra. Sul pavimento, Giulio era riuscito a impossessarsi della pistola anche se non era in grado di servirsene perché era schiacciata sotto la sua schiena. A cavalcioni sopra di lui, Marco stava cercando di strappargliela dalle mani.

«Fanculo i dilettanti!» imprecò Franco. «Sta andando tutto a puttane!»

Puntò la sua arma, ma esitò a premere il grilletto temendo di sbagliare mira e colpire il compagno.

L'attimo di indecisione gli costò caro. Lucio lo sbilanciò con uno spintone e poi, con un calcio ben assestato al collo del piede di appoggio, lo atterrò come un sacco di concime. Cadendo, il mercenario sbatté forte la testa sulla pedana di un pallido manichino nudo e perse i sensi, scivolando in un'oscurità accogliente.

Lucio ne approfittò per allontanare la pistola con una pedata. Si guardò intorno senza sapere cosa fare: entrambi i fratelli erano in difficoltà e sembravano sul punto di soccombere agli avversari. Dino si era scagliato urlando contro Leone, ancora impegnato a strangolare Gioele. L'aguzzino aveva scartato di lato e lo aveva atterrato con facilità. Ora incombeva su di lui, pronto a fargliela pagare. Poco più in là, Giulio e Marco lottavano sul pavimento contendendosi il possesso della pistola. Il falso poliziotto aveva iniziato a investire il malcapitato con una scarica di pugni, nel tentativo di indebolirlo.

Un altro tuono riecheggiò nelle vicinanze, facendo tremare le pareti dell'edificio abbandonato. Lucio strinse i pugni, tentando di decidere cosa fare.

Per la terza volta, nello stesso maledetto giorno, avrebbe dovuto fare una scelta difficile. Chi aveva più bisogno di lui, Dino o Giulio?

– IV –

Giulio stava ancora lottando contro Marco il quale, a cavalcioni su di lui, continuava a riempirlo di pugni in faccia allo scopo di fiaccare le sue difese. Nonostante gli eroici sforzi per resistere di Giulio, Marco riuscì nel suo intento: quando ebbe indebolito a sufficienza l'avversario lo rivoltò sulla pancia e cercò ancora di strappargli la pistola. Nella foga della lotta il dito di Giulio si strinse spasmodicamente sul grilletto. Un proiettile partì all'improvviso, con un sonoro schiocco, e si schiantò in un'ammuffita parete di cartongesso. Marco, sorpreso dallo sparo, reagì con violenza: sbatté ripetutamente la testa di Giulio sul pavimento finché riuscì finalmente a tornare in possesso dalla sua arma, poi si alzò in piedi a gambe divaricate. Concentrato com'era nel suo trionfo, Marco non si avvide in tempo della presenza di Lucio alle sue spalle e non riuscì a evitare di ricevere un potente calcio nei testicoli. Il grido di dolore gli rimase strozzato in gola quando Lucio lo colpì una seconda volta e poi una terza con tutta la rabbia e la disperazione che aveva in corpo. Marco crollò sul pavimento, mugolando dal dolore. Lucio gli strappò la pistola dalla mano e gliela puntò contro, con le mani ancora legate dietro la schiena. Anche se la posizione era molto scomoda, a quella distanza ravvicinata sarebbe stato quasi impossibile sbagliare mira.

Nel frattempo, Leone osservava Dino dall'alto verso

il basso, un ghigno beffardo stampato sotto i baffetti. Mentre infilava una mano nella tasca, Gioele trovò il coraggio di sferrargli un violento calcio da dietro. Leone si ritrovò con un ginocchio a terra. Girò la testa verso il ragazzo, mostrando un'espressione feroce, le punte dei suoi baffi vibrarono di rabbia. «Brutto stronzetto!»

Ancora sdraiato sul pavimento, Dino approfittò della distrazione regalata da Gioele per sferrare una pedata in faccia a Leone: lo colpì sul mento, strappandogli un grugnito furioso. Dimostrando di essere un ottimo incassatore, Leone infilò di nuovo la mano destra nella tasca del giaccone e, questa volta, riuscì ad estrarre un coltello a serramanico.

«Vi ammazzo tutti e due!» urlò, facendo scattare la lama.

Gioele non gli diede il tempo di agire e gli piazzò una violenta testata sul naso. Leone ruotò gli occhi all'indietro e crollò sul pavimento.

«Sei un grande! Degno figlio mio!» esultò Dino.

Per un breve istante i quattro amici rimasero immobili e silenziosi: non gli sembrava vero di essere riusciti a liberarsi.

«Niente male per un gruppo di cazzari con le pistole finte!» sentenziò ironicamente Giulio, rialzandosi malconcio da terra. Il riferimento allo sprezzante commento di Leone era evidente.

Il mugolare di Marco ricordò a tutti che non erano ancora fuori pericolo. «Dobbiamo andare via da qui!» disse Lucio.

Il volto tumefatto, Giulio sfogò la sua rabbia sferrando un calcio a Marco. «Sono d'accordo» rispose con ritrovata tranquillità.

Dino afferrò il coltello di Leone, usando entrambe le

mani, ancora legate dietro la schiena. «Prima però bisogna tagliare queste cazzo di fascette.»

Liberò prima Gioele, poi il ragazzo aiutò il resto della compagnia.

Una risata lugubre raggelò il sangue ai prigionieri. «Poveri stronzi... Non andrete da nessuna parte. Gianni! Roby!»

Refoli di vento freddo sferzavano le fronde degli alberi, producendo un suono spettrale. Grappoli di pioggia iniziavano a cadere sul terreno: sembrava questione di minuti prima che si scatenasse un violento acquazzone. Stretto nel suo giaccone, Gianni stava facendo vedere un video dal suo smartphone a Roberto.

«Hai visto che fa quello?»

«Ma come ci riesce? È impossibile.»

«Quelli sono dei professionisti, mica delle fighette come te!» lo schernì Gianni, ridacchiando.

«Finiscila! Ti apro il culo quando voglio con una mano legata dietro la schiena.»

Gianni rise ancora, di gusto. «Quando vuoi, fratello.»

A un tratto, entrambi udirono uno schiocco secco provenire dall'interno dell'edificio. «Che succede?» domandò Roberto.

«Di sicuro Leone avrà ficcato un proiettile in testa a uno di quei quattro esaltati» rispose Gianni.

«Entriamo a vedere?»

«Ma no, il capo ha detto di stare fuori. Lo sai che è un maniaco del controllo. Non ho voglia di prendermi un cazziatone.»

Roberto scosse la testa, contrariato. «Non doveva andare così. Se solo avessero collaborato... Invece, ci toccherà seppellire quattro cristiani.»

Gianni fece spallucce. «Basta che si muovano, non voglio stare in questo paese fantasma per tutta la giornata. Ho già preso abbastanza freddo ad aspettare che quei coglioni finissero di giocare a fare la guerra. Mi sa che oggi hanno scoperto cosa significa avere di fronte a uno con una pistola vera in mano» concluse con una fragorosa risata.

«Gianni! Roby!» La voce proveniva dall'edificio.

«Questo è Leone!» constatò Roberto.

«Merda! Muoviamo le chiappe!» Gianni aprì di scatto la porta e la scena che si palesò davanti ai suoi occhi era l'ultima cosa che si sarebbe aspettato di vedere: i prigionieri erano riusciti in qualche modo a liberarsi e ora tenevano sotto tiro Leone, Franco e Marco con le loro stesse pistole.

«Oh, cazzo!»

Gioele fu il primo ad accorgersi dei nuovi arrivati. «Ci sono gli altri due!»

«Ci penso io!» gridò Giulio, aprendo il fuoco senza esitare. Le detonazioni echeggiarono nella stanza. I proiettili non trovarono nessun bersaglio perché Gianni si gettò al riparo dietro una vecchia stufa di ghisa, mentre Roberto indietreggiò e tornò all'esterno del casolare, protetto dallo stipite della porta d'ingresso.

Anche Lucio si unì alla sparatoria e lasciò partire qualche colpo che rimbalzò contro la stufa. «Trovate un riparo!» ordinò, prendendo in pugno la situazione. I compagni obbedirono come se stessero giocando una partita di softair, con la differenza che questa volta i proiettili erano veri. Da dietro la stufa, Gianni sparò una serie di colpi alla cieca. Roberto si affacciò per dare il suo contributo.

«Porca trota!» imprecò Lucio, abbassandosi per ridurre la sua sagoma. Dino prese di mira Roberto che però sparì di nuovo oltre la porta. Il violento scambio di colpi saturò presto l'aria dell'odore della cordite. Intanto, Leone strisciò sul pavimento per togliersi dalla linea di tiro, seguito da Franco e Marco.

Giulio notò una finestra, alla quale mancavano i serramenti, proprio a pochi passi da una catasta di ciarpame dietro la quale potevano ripararsi. Corse veloce verso l'insperata via di fuga, sparando gli ultimi colpi dalla sua pistola.

«Di qua, forza!» incitò, esponendosi al tiro degli avversari. Roberto fece capolino dalla porta in quel momento e fece fuoco nella sua direzione, centrandolo alla gamba e al fianco. Giulio stramazzò a terra urlando per il dolore. Dino bersagliò Roberto, senza tuttavia riuscire a colpirlo poi corse verso il fratello, lo afferrò per la giacca della mimetica e lo trascinò al riparo dietro la catasta, lasciando una scia di sangue sul pavimento. Lucio provò a liberarsi della presenza di Gianni svuotando il caricatore poi, non potendo più fare altro, prese l'impietrito Gioele per un braccio e lo costrinse a correre verso il cumulo di vecchi oggetti.

Dino continuò a sparare in direzione della coppia di nemici, fino a che il carrello rimase aperto a testimoniare lo svuotamento del caricatore: purtroppo non c'era stato il tempo di perquisire Leone e compagni alla ricerca di altre munizioni.

«Lucio, prendi Gioele e portalo in salvo, io rimango qui con Giulio.»

«No, papà! Rimango qui anch'io.»

Visto che nessuno gli sparava più addosso, Roberto e Gianni uscirono con cautela dai loro ripari. «Allora, avete finito i proiettili?» domandò Gianni in tono canzonatorio.

Non ci fu risposta. Dietro la catasta la situazione era tragica: senza proiettili e con Giulio ferito in modo grave, Dino prese l'unica decisione che un padre poteva prendere. «Io li distraggo, voi scappate dalla finestra!» sussurrò.

«Papà, no!»

«Ha ragione» intervenne Giulio, stringendo i denti per combattere il dolore. «Dovete cercare aiuto. È l'unica alternativa.»

La voce imperiosa di Leone troncò i loro discorsi: «Vi do cinque secondi per uscire con le mani alzate».

Dino fece un respiro profondo, in faccia l'espressione rassegnata e sconfitta. «Appena esco correte alla finestra.»

«Non voglio, papà!»

Il conto alla rovescia di Leone partì: «Cinque!»

Dino fece una carezza sulla guancia umida di lacrime del figlio e gli disse: «Stai tranquillo, io e lo zio ce la caveremo. Fate solo in fretta a trovare aiuto. Contiamo su di voi».

Gioele annuì. «Va bene.»

Inesorabile, il conto alla rovescia proseguì: «Quattro!»

Dino appoggiò una mano sulla spalla di Lucio. «Prenditi cura di Gioele. Promettimelo.»

«Promesso. Torneremo presto con i rinforzi.»

«Tre secondi!»

«Tenetevi pronti.» Dino si alzò in piedi e uscì dal riparo con le mani alzate. «Ok, ci arrendiamo. Non sparate!»

Gianni gli puntò addosso l'arma. «Anche gli altri!»

Dietro il riparo, Lucio toccò una spalla a Gioele. «Ora!»

Entrambi scattarono verso la finestra. Roberto si accorse del movimento e tirò il grilletto. I fuggitivi si lanciarono fuori senza troppe cerimonie. Lucio avvertì un sibilo passargli vicino alla testa. Atterrarono come mele cadute da un albero. L'adrenalina che scorreva impazzita nei loro corpi gli permise di sopportare il dolore. Lucio aiutò Gioele ad alzarsi e insieme e iniziarono a correre.

Mantenendo una sorta di tacita promessa, le prime gocce cadute dal cielo si erano trasformate in un acquazzone e ora la pioggia era così fitta da rendere difficoltosa la visibilità. Dopo neanche cento metri di corsa, Lucio e Gioele erano già fradici.

«Ci stanno inseguendo?» domandò preoccupato il ragazzo, con la voce rotta dal fiatone.

Lucio lanciò uno sguardo veloce alle sue spalle. «Non vedo nessuno.»

«E adesso dove andiamo?»

«Nel bosco. La pioggia cancellerà le nostre tracce.»

Un grosso topo impaurito tagliò loro la strada all'improvviso. Gioele si paralizzò, quasi scivolando sul terreno bagnato: aveva una vera e propria fobia per i roditori. Lucio lo trascinò di peso fino a un gruppo di alberi che delimitavano l'inizio del bosco.

«Poco distante da qui c'è un agriturismo. Dobbiamo raggiungerlo e avvisare i Carabinieri» spiegò Lucio, guardandosi ancora alle spalle.

Il ragazzo non rispose. Lucio notò che sembrava caduto in uno stato confusionale. Nonostante ciò, valutò la possibilità di procedere separati per aumentare le possibilità di trovare aiuto.

Si fermò di fronte a una grossa quercia, riprendendo fiato. Appoggiò una mano sulla spalla del giovane. «Gioele, forse è meglio che ci dividiamo.»

«Non voglio che ci separiamo!» piagnucolò Gioele, riprendendosi dal torpore.

«È meglio così, in questo modo avremo più possibilità di cercare aiuto.»

«No, no. Ti prego, non lasciarmi da solo» ribatté allarmato il ragazzo, parlando così veloce da mangiarsi le parole.

– V –

Lucio scosse la testa contrariato. «Porca trota! Ok, continuiamo insieme. Muoviamoci.»

Sul volto di Gioele apparve un accenno di sorriso. La coppia riprese a correre a fatica sul terreno fangoso e scivoloso. La pioggia fittissima riduceva la visibilità a pochi metri.

«Accidenti, ho già rischiato due volte di cadere» si lamentò Gioele, che riusciva a malapena a tenere l'andatura del compagno di fuga.

Lucio cercò di individuare la presenza di inseguitori alle spalle. Non percepì nessuno. «Ok, adesso possiamo anche rallentare un po' il passo. La pioggia nasconderà le nostre tracce e anche il rumore che facciamo mentre camminiamo. Tu fai attenzione a non spezzare rami o a perdere qualcosa che hai nelle tasche, e parliamo a voce bassa» si raccomandò.

All'interno del negozio abbandonato, Leone si era ripreso e stava riorganizzando le idee. Per fortuna il setto nasale pareva ancora integro, anche se pulsava di dolore. Gli occhiali da vista non avevano subito danni. Si era tolto il giaccone, nonostante il freddo umido che ghermiva l'edificio: un fuoco carico di collera sembrava bruciargli in tutto il corpo. Non poteva tollerare di essersi fatto fregare da un branco di imbecilli che giocavano con delle pistole finte. L'avrebbe fatta pagare cara a ognuno di loro e i loro cadaveri non sarebbero mai stati ritrovati.

Anche Marco e Franco sembravano aver accusato il colpo: sebbene un po' ammaccati erano in buone condizioni fisiche, tuttavia la vergogna di essersi fatti sorprendere da dei dilettanti faceva più male delle ferite. Entrambi avevano gli occhi fissi sul lurido pavimento ed evitavano di incrociare lo sguardo con Leone.

Il leader della squadra fissò i compagni, le sue iridi parevano infuocate. «Voi due, andate ad aiutare Roberto a trovare quei due coglioni: non possono essere lontani.»

«Ok» risposero all'unisono i due uomini.

«Vi consiglio di non deludermi» minacciò Leone.

I tirapiedi uscirono sotto lo sguardo schifato di Gianni, ancora impegnato a tenere sotto tiro i due fratelli. Leone tirò fuori dal giaccone un paio di fascette di plastica. Dino si lasciò immobilizzare i polsi senza reagire, al contrario di Giulio che provò a opporsi, nonostante le ferite. Leone gli piazzò un ginocchio sul fianco lesionato, strappandogli uno straziante grido di dolore.

«Vai anche tu a cercare i fuggitivi» ordinò a Gianni.

Subito dopo aprì la lista di contatti sul suo smartphone e fece partire una chiamata utilizzando l'applicazione Zello. «Salvatore, abbiamo un problema. Ci sono due fuggitivi e dobbiamo rintracciarli prima che possano trovare aiuto. L'edificio più vicino è un agriturismo poco fuori dal Paese. È probabile che si stiano dirigendo là. Tu e la tua squadra andate a dare un'occhiata. Se li trovate, dovete fermarli con ogni mezzo.»

«Ricevuto. Ci muoviamo.»

La chiamata fu chiusa. A quel punto, Leone si rivolse ai due prigionieri: «Veniamo a noi. Oltre che bugiardi siete anche stupidi... lo sai che se mi girano i coglioni pianto una pallottola in testa a ciascuno di voi e la facciamo finita, vero?»

Sdraiato sul pavimento tra le braccia del fratello, Giulio si sforzò di mostrarsi ancora un duro. «Vaffanculo! Sparami, tanto non me ne frega un cazzo!»

«No, per favore!» piagnucolò Dino.

Leone avanzò verso Giulio. Gli schiacciò sadicamente la gamba ferita e lorda di sangue. Giulio cacciò un altro grido strozzato.

«Ti prego, lascialo stare!» implorò Dino.

L'aguzzino premette ancora per qualche istante sull'arto martoriato e poi si ritrasse. Con un'espressione fintamente schifata strisciò la suola della scarpa sul pavimento per rimuovere il sangue.

Dino lo guardò con gli occhi gonfi di lacrime. «Perché state facendo tutto questo? Noi siamo solo due semplici imprenditori.»

«Imprenditori un corno! Dimmi dove si trovano Bassich e Ferrone!» sbraitò Leone.

«Ti ho già detto che non conosco questo Ferrone e non so dove sia Bassich. È la verità» mentì ancora Dino.

A quella risposta, Leone gli sferrò un calcio al volto che lo fece accasciare sul fratello.

«Bastardo, la pagherai per questo!» minacciò Giulio con un filo di voce. «Lucio riuscirà a chiamare aiuto.»

Una smorfia strafottente deformò la bocca di Leone, che prese il portafoglio dalla tasca del pantalone e tirò fuori una banconota. Sprezzante, la gettò ai piedi di Giulio. «Venti euro che Lucio e il ragazzo saranno qui entro un quarto d'ora.»

«Stai attento! Rimani concentrato su dove metti i piedi. Se ci facciamo male siamo siamo spacc...»

Lucio non fece in tempo a concludere la frase: Gioele mise un piede su un masso che, sotto il suo peso, scivolò sul terreno fangoso facendogli perdere l'equilibrio.

Il sonoro schiocco di un osso spezzato fu coperto dall'acuto grido del ragazzo. Lucio gli si avvicinò e gli mise immediatamente una mano sulla bocca per farlo smettere di gridare. «Non urlare o ci sentiranno!» lo ammonì.

Gioele mugugnò nel palmo della mano, sforzandosi di resistere al dolore lancinante. Lucio esaminò le condizioni fisiche del ragazzo e ciò che vide non gli piacque per nulla: una protuberanza innaturale nella parte alta della coscia gli fece comprendere che Gioele si era procurato una terribile frattura del femore della gamba sinistra.

«Lo so che ti fa molto male, ma devi smetterla di urlare. Ti tolgo la mano dalla bocca, ok?»

Il ragazzo annuì. La mano di Lucio scivolò dalla bocca, molto lentamente. Il giovane riuscì a sopportare il dolore in silenzio.

«Bravissimo, tuo padre sarà orgoglioso di te» cercò di rincuorarlo Lucio, ripensando per un attimo ai suoi amici. «Ci dobbiamo rimettere in marcia verso l'agriturismo.»

Stava per aiutare Gioele a sollevarsi da terra, quando i suoi occhi percepirono qualcosa che lo fece trasalire: le sagome di due uomini in mezzo agli alberi. Erano di sicuro i malviventi che gli avevano sparato contro. Le urla di Gioele dovevano averli attirati nella direzione giusta: ormai si trovavano a non più di duecento metri e tra poco sarebbero piombati su di loro. Si portò un dito al naso, mimando il gesto di fare silenzio.

«Stanno arrivando» avvisò, a bassa voce.

Il terrore si materializzò negli occhi del giovane.

Un nuovo atroce dilemma si presentò nella mente di

Lucio: procedere insieme a Gioele rischiando di essere catturati tutti e due, oppure provare a nascondere il ragazzo e continuare da solo?

– VI –

Fu costretto a prendere in fretta la sua decisione: Gioele ferito lo avrebbe rallentato. Per scongiurare il rischio di essere catturati entrambi, anche se a malincuore, doveva lasciarlo indietro. L'unica cosa che poteva fare era cercare di nasconderlo.

«Devo spostarti da qui. Ti farà male, ma cerca di non urlare» lo avvisò, con un sussurro.

Senza attendere la risposta, afferrò Gioele da dietro le spalle e lo trascinò al riparo di un robusto albero, cercando di tenersi basso per non farsi notare dai due inseguitori. Il ragazzo resistette stoicamente all'impulso di gridare.

«Adesso cosa facciamo, non mi lascerai mica qui vero?» chiese Gioele, con il volto deformato da una smorfia di dolore.

«Ascolta: l'unica possibilità di cavarcela e uscirne vivi è trovare qualcuno che ci aiuti e chiami i soccorsi. Capisci? Se riesco a entrare nell'agriturismo posso trovare un telefono e chiamare.» Nel dire questa frase Lucio aveva preso la testa di Gioele tra le mani e lo aveva fissato dritto negli occhi.

«Sì, ma...»

«Stai tranquillo, so quello che faccio, fidati di me. Entro, trovo un telefono e torno a prenderti. Poi ci nascondiamo fino all'arrivo della cavalleria. Ok?»

Gioele lo fissò con aria sconsolata, ma determinata.

«Va bene. È l'unica soluzione.» Il ragazzo consegnò il coltello di Leone che suo padre gli aveva affidato. «Stai attento, io ti aspetto qui. Tanto non mi muovo...» concluse, accennando un mezzo sorriso per stemperare il clima di tensione.

«Torno il prima possibile!»

Lucio si inoltrò di nuovo nel bosco, scomparendo velocemente alla vista del ragazzo. Riuscì ad allontanarsi da Gioele senza farsi individuare e, dopo qualche minuto di cammino, arrivò in un punto in cui la vegetazione del bosco iniziava a diradarsi. Anche l'intensità della pioggia stava calando. Quando giunse nei pressi dell'agriturismo che stava cercando, la visione di due uomini sospetti gli fece balzare il cuore in gola: indossavano giubbotti sportivi e pantaloni cargo e, ignorando la pioggia battente che inzuppava i loro abiti, pattugliavano la zona nei pressi della struttura. Lucio era sicuro che fossero armati.

Devo provare a entrare dal retro, pensò.

Riprese la marcia nel bosco per aggirare l'edificio, sperando di non essere notato. Aveva fatto soltanto pochi metri quando un rumore lo fece irrigidire: era il suono di rami spezzati. La sua mano si affrettò a impugnare il coltello, mentre gli occhi cercavano di individuare la fonte del rumore. Sentì che il cuore aveva aumentato i battiti e si concentrò per abbassare la frequenza. Ancora quel suono, sempre più vicino, tra i cespugli, alla sua sinistra. Lucio si girò di scatto e sfoderò il coltello puntandolo in avanti. Un grosso cervo fece un balzo indietro, fissò Lucio per un attimo e si allontanò correndo tra gli alberi.

«Porca trota! Mi hai fatto perdere dieci anni di vita!» sfogò la sua rabbia, mormorando a denti stretti, poi riprese il cammino tra le fronde per aggirare l'edificio.

Restava basso e piegato sulle ginocchia, concentrato al massimo. In pochi minuti raggiunse il retro dell'agriturismo. Un altro di quegli individui si stava aggirando nei pressi di una corposa catasta di legna coperta da un telo. Il suo piano era andato in fumo, doveva trovare un'alternativa alla svelta. Pensò che sarebbe potuto tornare nel bosco per provare a raggiungere un'azienda agricola distante meno di un chilometro da dove si trovava. Il problema era rappresentato dagli uomini che lo stavano cercando: ogni minuto che passava aumentavano le probabilità che trovassero lui o Gioele.

No, devo arrivare al più presto a un telefono.

Forse, mettendo a frutto ciò che aveva imparato giocando a softair, poteva riuscire a entrare nell'edificio senza essere visto.

E se mi scopre? rimuginò.

Lucio guardò il coltello che stringeva in mano. Avrebbe avuto il coraggio di usarlo? Uccidere un uomo con un coltello non era facile come si vede nei film, lo sapeva, e il potenziale avversario era sicuramente armato di pistola e addestrato a usarla.

Non avrei scampo contro una pistola.

Il panico iniziò a crescere nella forma di una morsa alla bocca dello stomaco. Stava per tornare sui suoi passi quando gli venne un'idea: poteva giocarsela d'astuzia. Il piano era rischioso, ma poteva funzionare.

Uscì di soppiatto dal bosco e avanzò con cautela fino al mucchio di legna. Dal punto in cui si trovava, l'uomo di guardia non aveva la visuale sul suo movimento. Raggiunta la catasta, Lucio tirò un sospiro di sollievo. Ora però arrivava la parte difficile del suo piano.

Mi ci vorrebbe una sigaretta.

Doveva farsi coraggio: infilò le mani nella tasca della

giacca e uscì dal suo riparo. Il vento trasportò fino alle sue narici il gradevole profumo di minestra proveniente dall'edificio. L'uomo si accorse subito di lui e istintivamente portò la mano alla pistola, fissata al pantalone con una fondina interna.

Comportandosi come se fosse il proprietario dell'attività, Lucio avanzò deciso verso l'uomo. Si augurò che Leone non gli avesse fornito una sua descrizione dettagliata. «Ehi, cosa ci fa lei nella mia proprietà?» urlò, augurandosi di attirare l'attenzione dei veri proprietari.

L'uomo non rispose, dando segno di essere stato colto alla sprovvista.

«Sto parlando con lei. Questa è una proprietà privata!» lo incalzò Lucio, continuando ad avanzare.

L'uomo allontanò la mano dalla pistola e sfoderò un sorriso cordiale. «Lei è il proprietario?»

«Certo che lo sono, a meno che non sia cambiato qualcosa negli ultimi dieci secondi.» Lucio sorprese se stesso per come stava gestendo la situazione. Un'inaspettata sensazione di sicurezza stava rapidamente sostituendo la paura. Immaginò che il tizio fosse certo di poter risolvere tutto con una menzogna.

«Salve, sono l'ispettore Esposito della Polizia di Stato. Mi scuso per averla allarmata, ma sono qui con dei colleghi per un'operazione delicata. Anzi, forse potrebbe darmi una mano.»

«C'è qualche problema con la mia proprietà?» domandò Lucio, fingendosi allarmato.

«No, non riguarda la sua proprietà» si affrettò a precisare il finto poliziotto. «Stiamo cercando alcuni criminali in zona.»

Lucio era ormai a pochi passi dall'uomo, i cui capelli scuri erano zuppi di pioggia e ricadevano a ciocche sulla fronte spaziosa. «Criminali? Ma sono pericolosi?»

«Stia tranquillo, io e altri colleghi ci stiamo occupando della questione. Lei non è che ha visto qualche movimento sospetto negli ultimi minuti?»

«No, nessuno.»

Uno smartphone vibrò in quel momento. «Mi scusi solo un momento». L'uomo estrasse l'apparecchio dalla tasca del giaccone, poi toccò l'icona per rispondere. «Sì?»

«Beppe, il proprietario dell'agriturismo si è accorto di noi. Salvatore ci sta parlando per calmarlo.»

Beppe fissò Lucio socchiudendo gli occhi. «Ah, sì?»

Il telefono aveva un volume piuttosto alto e, nel silenzio del bosco, le parole dell'interlocutore del falso poliziotto erano risuonate forti e chiare. Senza dare all'uomo il tempo di prendere l'iniziativa, Lucio lo colpì con un pugno all'angolo della mandibola usando tutta la forza delle sue potenti braccia. Beppe lasciò cadere lo smartphone a terra. Nonostante la potenza del pugno, sopportò il colpo come un pugile esperto e reagì sferrando a sua volta un diretto al volto dell'avversario. Lucio indietreggiò di un paio di passi.

«Vuoi giocare? Ti accontento subito!»

Beppe piazzò altri due veloci diretti di media potenza, sembrava aver voglia di divertirsi. Annaspando, Lucio provò ad assestare un gancio, ma Beppe lo evitò con agilità, abbassandosi. «Troppo lento...» lo canzonò.

Dopo aver incassato altri due jab in pieno volto Lucio finì a terra, stordito.

«Allora, coglioncello, ne hai abbastanza?» Beppe sferrò un calcio allo stomaco di Lucio, facendolo raggomitolare. Una risata divertita uscì dalla bocca del finto poliziotto. Radunando ciò che gli rimaneva delle sue forze, Lucio infilò una mano in tasca senza farsi notare e tirò fuori il coltello. Con una mossa fulminea piantò la lama nel polpaccio di Beppe, facendolo urlare di dolore. Lucio lasciò il coltello nella ferita e agganciò le gambe del finto poliziotto, riuscendo ad atterrarlo. Si mise a cavalcioni su di lui e lo tempestò di potenti pugni al volto. Ormai, aveva il rivale in pugno, ma la vista di due figure in lontananza placò la sua furia: i colleghi di Beppe stavano arrivando. Non aveva tempo da perdere. Sollevò la giacca dell'avversario, ormai inerme, e gli sottrasse la pistola.

«Addio, stronzo!» si congedò, poi si alzò e prese a correre più velocemente che poteva verso il bosco. Uno degli inseguitori non perse tempo e aprì il fuoco con la sua pistola: i proiettili sfiorarono il fuggitivo e scheggiarono la catasta di legna.

Aiutato dalla buona sorte, Lucio riuscì a raggiungere gli alberi. Correva spostando i rami con una mano, mentre nell'altra teneva stretta la pistola sottratta a Beppe. Saltava radici e sfiorava i grossi tronchi di pino spinto dall'adrenalina che gli scorreva nelle vene. Decise che la cosa migliore da fare era allontanare gli inseguitori da Gioele, in questo modo almeno il ragazzo avrebbe avuto una possibilità di salvarsi. I proprietari dell'agriturismo a quel punto dovevano già aver chiamato le forze dell'ordine: i Carabinieri lo avrebbero sicuramente trovato e curato.

Devo solo resistere un altro po' senza farmi beccare, pensò per darsi coraggio.

Dopo qualche secondo di riflessione puntò di nuovo con decisione verso il paese di Consonno, aumentando l'andatura: una volta arrivato avrebbe trovato un buon posto dove nascondersi e attendere l'arrivo dei soccorsi.

Posso farcela!

Un'improvvisa detonazione spazzò via il suo ottimismo e un attimo dopo un proiettile lo mancò di pochi centimetri. Il colpo fece saltare alcuni pezzi di corteccia che gli si conficcarono dolorosamente nella guancia. Istintivamente si gettò a terra e rotolò di lato, nascondendosi dietro alla pianta. Quando fu al riparo si portò una mano al volto ed estrasse dalla carne una grossa scheggia di legno intrisa di sangue.

«Maledetta!» inveì Lucio, gettando via la scheggia. Non era una ferita grave ma la guancia gli bruciava come se fosse stata ustionata da un ferro rovente.

Lucio sapeva di non aver tempo da perdere: gli inseguitori erano ben addestrati e allenati, quindi non gli era servito molto tempo per recuperare terreno. Il fuggitivo decise che era venuto il momento di passare al contrattacco: si mise in ginocchio e fece partire una rapida serie di colpi nella direzione dei suoi inseguitori, che si misero al riparo e immediatamente risposero al fuoco. Lucio avvertì gli schiocchi secchi della cordite che esplodeva nelle camere di scoppio delle pistole dei suoi avversari e quasi contemporaneamente un paio di sibili vicinissimi alla sua testa.

Questi mi ammazzano!

Nel tentativo di offrire un bersaglio minore, si sdraiò a terra in mezzo al fango del sottobosco. La mimetica che indossava gli permetteva di confondersi nella vegetazione, al contrario degli abiti degli inseguitori. Il giaccone beige di uno dei due era infatti ben visibile agli occhi di Lucio. Trattenendo il fiato per stabilizzare la mano, prese la mira e tirò il grilletto tre volte, in rapida sequenza. Un grido di dolore gli confermò che aveva fatto centro con l'ultimo proiettile.

«Porca trota! L'ho preso!»

Il compare del ferito rispose al fuoco alla cieca. Ancora incredulo per il risultato ottenuto, Lucio ne approfittò per allontanarsi, non visto, in direzione del paese.

Gioele cercava con tutte le forze di rimanere sveglio. Il dolore gli era d'aiuto, ma doveva lottare con un senso di spossatezza che sembrava aumentare ogni minuto e gli toglieva progressivamente quel poco di lucidità che ancora gli era rimasta. Il ragazzo si puntellò sulle braccia usando le mani, che sprofondarono appena nel terreno molle riempiendosi di foglie e terra. Era preoccupato per gli spari che aveva sentito poco prima: era quasi sicuro che quei criminali avessero ucciso Lucio. Cercò di sollevarsi per appoggiarsi meglio all'albero e il movimento gli procurò una sferzata di dolore nella gamba straziata, che lo fece imprecare a denti stretti.

«Ciao, ragazzino!»

La voce alle sue spalle gli fece gelare il sangue nelle vene. Si voltò e si trovò di fronte due degli uomini di Leone, che lo tenevano sotto tiro con le loro pistole, i silenziatori montati sulle canne.

«Con quella bella mimetica quasi non riuscivano a trovarti» commentò Gianni.

«Sembra un gattino indifeso» lo schernì Roberto, con un sorrisetto sarcastico stampato sul volto.

Gioele, nonostante fosse ormai quasi privo di energie, si sforzò di mostrare un'espressione battagliera. «Dov'è Lucio? Cosa gli avete fatto?»

«I nostri amici si stanno occupando di lui. È davvero un osso duro quel bastardo» gli rispose Gianni.

Un barlume di speranza si accese nell'animo di Gioele: forse Lucio era ancora vivo. «Qualcuno avrà sentito gli spari. Tra poco arriveranno i Carabinieri e vi arresteranno» lo sfidò il ragazzo.

«Chiudi la bocca o ti taglio la lingua!» ribatté Roberto. Poi, parlando al telefono tramite l'auricolare, disse: «Leone da Roberto: abbiamo il ragazzino».

«Bene. Portatelo subito da me» rispose Leone.

«Arriviamo.»

Quattro braccia sollevarono Gioele da terra come un fuscello, senza tanti convenevoli, strappandogli un acuto grido di dolore.

«Forza, ragazzino. È ora di tornare da papà.»

Con la mano spostò alcune foglie da sotto un piccolo pino e raccolse un porcino grande e sodo.

Finalmente! Eccoti qua, che spettacolo! pensò Marcello Ricci, ex maresciallo dei Carabinieri fresco di pensionamento, mentre depositava il fungo nel cesto accanto agli altri. Aveva appena appoggiato il fungo quando sentì l'inconfondibile rumore degli spari.

«Ma che cazz...» Si girò abbassandosi d'istinto: non era il rumore di un fucile da caccia, che comunque in quel periodo era chiusa. Si trattava chiaramente di colpi di pistola. Un brivido freddo gli percorse la schiena.

Che diavolo sta succedendo?

In un primo momento ipotizzò che potesse trattarsi di qualche giocatore di softair, non era infrequente trovarli in quei boschi la domenica. Scartò subito l'idea perché le loro armi non producevano quel rumore.

Deciso a scoprire di cosa si trattasse, appoggiò il cesto a terra e lo coprì con alcuni rami, poi si incamminò, tenendosi basso, nella direzione da cui provenivano gli spari. La scena a cui assistette lo fece gettare d'istinto in mezzo alla vegetazione: due persone stavano trascinando un giovane che sembrava ferito. I due uomini, entrambi dal portamento militare, non sembravano di certo dei soccorritori.

«Siete dei bastardi, cosa avete fatto a mio padre e mio zio?» chiese il ragazzo.

Uno dei suoi aguzzini estrasse la pistola e gliela puntò alla testa: «Chiudi quella cazzo di bocca ragazzo, capito? Ultimo avvertimento!»

All'ex carabiniere non occorreva altro per capire che stava accadendo qualcosa di estremamente preoccupante. Attese che il terzetto si allontanasse prima di tirare fuori lo smartphone dalla tasca. Con pochi gesti sicuri compose il numero del comandante della stazione dei Carabinieri di Olginate.

«Ciao pensionato! Come va? Sei sempre a funghi, da quello che metti su Facebook!» gli rispose una voce allegra.

«Alberto, ascoltami bene: sta succedendo qualcosa di grave. Sono nel bosco di Consonno.»

Ricci, ottenuta l'attenzione dell'ex collega, gli raccontò ciò che aveva appena visto.

Lucio arrivò sano e salvo al paese. Continuò a correre cercando di non scivolare sull'asfalto bagnato. Tra la pioggia precedente e lo sforzo fisico era fradicio, il cuore pompava così forte che sembrava sul punto di saltare fuori dal suo petto. Mentre correva in direzione di un edificio abbandonato, girò velocemente la testa all'indietro per cercare i suoi inseguitori e, non vedendo nessuno, ipotizzò di aver guadagnato un buon vantaggio. Puntò verso un caseggiato dall'aspetto fatiscente come il resto degli edifici di Consonno: mancava la porta all'ingresso, le finestre erano prive di vetri e l'intonaco era sbrecciato e cadente. Dentro trovò una stanza poco distante dall'ingresso, piccola ma dotata di una via di fuga rappresentata da una finestra aperta i cui vetri, ridotti a pezzi, giacevano sul pavimento coperto di uno strato di sporcizia decennale. Una vecchia porta era rimasta in piedi come per miracolo. Lucio la chiuse producendo un lieve cigolio. Dovette fare attenzione al pavimento che in alcuni punti era collassato, creando dei buchi dalla forma irregolare. L'aria era carica del tanfo della muffa. Stremato e affannato, si sedette per riprendere fiato, appoggiando la schiena a una parete e tenendo la pistola puntata verso l'ingresso della stanza. Se qualcuno fosse entrato da quella parte lo avrebbe ammazzato senza pensarci due volte.

Trascorse un tempo che non avrebbe saputo quantificare, prima che avvertisse lo scricchiolio delle suole vibram prodotte da un paio di stivaletti tattici. I passi erano vicini, troppo vicini. Il suo cuore ricominciò ad aumentare la frequenza dei battiti. Facendo il possibile per non fare rumore, si alzò in piedi. Fino a un momento prima era stato sicuro di sparare a chiunque fosse entrato nella stanza ma tuttavia, ora, non era più così sicuro di farcela.

E se sono troppo lento? rimuginò.

Lanciò uno sguardo alla finestra che si trovava a pochi passi da lui e considerò che forse aveva ancora tempo per riuscire a fuggire in silenzio. I passi erano sempre più vicini. Che fare? Combattere o fuggire?

– VII –

Tutti i suoi muscoli erano tesi allo spasimo, teneva gli occhi stabilmente puntati verso l'ingresso della stanza e il dito indice sul grilletto, con le nocche che sbiancavano per la tensione. I passi avanzarono lentamente e poi si fermarono davanti alla porta chiusa. Lucio trattenne il respiro: il suo cuore batteva così forte da fargli temere di avere un infarto in arrivo.

Col cavolo che rimango qui!

Lucio scattò verso la finestra nel momento stesso in cui la porta veniva spalancata con un calcio e un uomo armato faceva spavaldamente irruzione nella stanza. Un istante prima di trovarsi inquadrato nel mirino della pistola del suo avversario, Lucio si gettò fuori dalla finestra.

L'uomo sparò un paio di volte, ma i suoi proiettili andarono a vuoto. «Bastardo!» inveì. Mentre si avvicinava alla finestra con la pistola in punteria, un tratto di pavimento crollò repentinamente sotto i suoi piedi. Le sue gambe vennero inghiottite da una voragine e per salvarsi dal precipitare fu costretto ad aggrapparsi a ciò che rimaneva del pavimento.

Lucio, dopo un volo di un paio di metri, atterrò sbattendo malamente il ginocchio destro sul cemento. Una fitta lancinante gli attraversò la gamba e anche la sua vecchia ernia inguinale fece del suo meglio per aumentare il suo malessere. Sentì che le forze lo stavano abbandonando, ma l'istinto di sopravvivenza ebbe la meglio ancora una volta.

Non devo mollare!

Stringendo i denti, si rialzò in piedi e iniziò a correre zoppicando, più che mai deciso a vendere cara la pelle.

Esibendosi in un'imbarazzante sequela di imprecazioni, l'inseguitore riuscì con fatica a risalire dal buco nel pavimento, poi raggiunse la finestra e guardò a destra e a sinistra, giusto in tempo per vedere il fuggitivo sparire dietro a un angolo.

«Fanculo!» imprecò ancora, poi usò Zello per comunicare con il resto dei compagni. «Da Seba a tutti: soggetto in fuga verso il centro del paese.»

Gioele, ormai quasi incosciente per il dolore e la spossatezza, fu trascinato da Roberto e Gianni fino al negozio abbandonato. Leone, con il naso tumefatto a causa della testata ricevuta, stava aspettando all'interno, seduto su una vecchia sedia arrugginita. Ai suoi piedi erano accasciati Dino e Giulio.

«Portatelo dentro, che ci ha già fatto perdere troppo tempo questo stronzetto!» sibilò Leone appena li vide arrivare. Si alzò dalla sedia per fare posto al nuovo arrivato. «Prego, accomodati.»

Gioele fu fatto sedere sulla sedia. «Papà! Zio! Che vi hanno fatto?»

Leone diede un calcio a Dino. «Hai visto che ti ho riportato tuo figlio?»

Dino sollevò a fatica la testa: il suo volto era gonfio come quello di un pugile alla fine di un match cruento. Rivoli di sangue gli scendevano dal naso e dal lato delle labbra spaccate. Attraverso le strette fessure delle palpebre riconobbe il volto del figlio.

«Gioele...» disse con un filo di voce. Dalla sua bocca colava un misto di sangue e saliva. «Lasciatelo andare, è solo un ragazzo!» continuò parlando a fatica, dopo aver girato il capo verso Leone.

«Te l'avevo detto che la fuga sarebbe durata poco» ribatté il carnefice.

«Però, Lucio non c'è... Hai perso venti euro...» Era stato Giulio a parlare, a occhi chiusi, con un filo di voce. Ogni parola pronunciata gli aveva procurato sofferenza.

Leone sorrise. «Sei quasi morto e hai ancora voglia di scherzare...» Schioccò le dita per richiamare l'attenzione dei suoi scagnozzi. «Roby, il coltello, per favore.»

«Subito.»

«No, vi prego!» implorò Dino.

Roberto estrasse il pugnale tattico e lo consegnò al suo capo.

«Noi non sappiamo nulla... Perché continuate a tormentarci?»

Leone non si degnò di rispondere. Attese qualche secondo per portare la tensione nervosa delle sue vittime al massimo e poi, con una mossa rapida e sicura, affondò sadicamente il coltello nella gamba di Gioele, proprio nel punto in cui si trovava la frattura. Il ragazzo emise un urlo, quasi animalesco, quando la punta della lama arrivò all'osso spezzato.

«Basta vi prego, basta!» implorò Dino con tutto il fiato che aveva. Leone mostrò un ghigno diabolico mentre torceva il coltello nella ferita. L'aguzzino tappò la bocca a Gioele, soffocando un altro terribile grido di dolore. Era evidente quanto traesse soddisfazione da quella tortura.

«Basta per Dio! Vi dirò tutto, ma smettetela vi prego! Basta!» continuò Dino tra i singhiozzi. Aveva raggiunto il punto di rottura, il suo cuore di padre non poteva sopportare la vista del figlio che veniva torturato. «Lavorate per il Consorzio, vero?»

Leone aggrottò le sopracciglia, incuriosito. «Non so di cosa parli. Spiegati meglio.»

Dino emise un sospiro di sconforto. «Bassich mi ha detto che in Italia esiste un'organizzazione occulta formata da un manipolo di potenti imprenditori, chiamata Consorzio. Hanno influenza su istituzioni, forze di polizia, militari, servizi segreti…»

«Ok, ok, ho capito» lo interruppe Leone, agitando una mano. «Chi ci ha ingaggiati non è una cosa che ti riguardi. L'unica cosa che ti deve interessare è la tua stessa vita. Se vuoi salvarti ora dimmi dove si trovano Bassich e compagni.»

La resistenza di Dino era ormai arrivata al limite: nella speranza di salvare la vita di suo figlio raccontò tutto: da quando era stato contattato da Giorgio Bassich al momento in cui lo aveva aiutato a fuggire dall'Italia, insieme a Paolo Ferrone e Linda Moser. Le parole gli uscirono come un fiume in piena.

Quando ebbe terminato, Leone annuì soddisfatto. «Hai visto? Non era difficile, no? Se lo avessi fatto prima avresti evitato tutto questo... o forse no» concluse mentre si portava dietro a Gioele. Posò la lama del coltello sotto alla gola del ragazzo, gli tirò indietro la testa per i capelli poi, con un movimento netto, gli squarciò la gola. Mentre eseguiva la sua sentenza di morte non aveva smesso nemmeno per un istante di fissare Dino con un feroce sorriso stampato sul viso.

«No! Gioele! No!» gridò Dino. «Bastardo! Sei un

maledetto assassino!» urlava Dino, agitandosi sul pavimento con rinnovate energie.

Giulio riuscì ad aprire gli occhi, senza però avere la forza di pronunciare alcuna parola.

«Sì, hai ragione, sono un bastardo!» ammise Leone, scoppiando a ridere. Osservò con attenzione Gioele che annaspava mentre il sangue zampillava copioso dalla sua carotide recisa, imbrattando la mimetica. Il ragazzo si dimenò per meno di trenta secondi, poi appoggiò il mento sul petto e rimase immobile.

Leone si voltò verso Roberto e gli riconsegnò il coltello. «Grazie per il prestito. Saresti così gentile da passarmi la pistola?»

Seppur disturbato dalla scena appena vista, il compare gli porse la sua arma, sulla quale aveva provveduto a montare il silenziatore. Dino osservò la scena senza reagire. La sua vista era appannata dalle lacrime: la morte del figlio era stato uno shock troppo forte che lo aveva svuotato di ogni energia.

«Allora, da chi iniziamo? Ambarabà ciccì coccò» Leone eseguì la macabra conta usando la punta del silenziatore per indicare a turno i due fratelli. «Il dottore si ammalò, ambarabà ciccì coccò!»

La pistola si allineò sul volto di Giulio, pallido come un lenzuolo ma dallo sguardo ostinatamente orgoglioso. Prima di eseguire la sentenza Leone si chinò a raccogliere i venti euro che aveva scommesso e li infilò nella tasca del malcapitato. «Questi te li sei proprio guadagnati.»

Una leggera pressione sul grilletto e un proiettile si conficcò nella testa del malcapitato, che esplose in una fontana di sangue.

Subito dopo, Leone puntò la pistola contro Dino. «È

stato un vero piacere parlare con te.»

«Marcirai all'inferno» pronunciò il morituro con le labbra tremanti.

Leone scrollò le spalle. «Probabile.»

La signora Carmela abitava nel vicino paese di Olginate e ogni domenica portava la sua cagna Flora a passeggiare nei boschi. Adorava camminare per le silenziose strade di Consonno, anche sotto la pioggia. Secondo i progetti del suo ideatore, il conte Mario Bagno, la cittadina sarebbe dovuta diventare la "Las Vegas italiana". E per un po' di tempo era stato davvero così. La signora Carmela ricordava le migliaia di visitatori che arrivavano negli anni Sessanta, soprattutto nei fine settimana. Suo padre ce l'aveva portata molte volte e in un'occasione erano riusciti a vedere persino Pippo Baudo.

D'un tratto Flora si fermò di colpo e iniziò ad annusare l'aria. Tra l'odore di erba bagnata a Carmela sembrò che la cagna percepisse qualcosa.

«Che ti prende, tesoro?»

Nascosto dietro un arbusto, Lucio vide la signora che teneva al guinzaglio un bell'esemplare di Golden Retriever. Stavano passeggiando nei pressi dell'antica chiesa di San Maurizio, lei indossava una mantellina e reggeva un ombrello con la mano destra.

Deve avere per forza un telefono, pensò.

Lucio rifletté sul fatto che i proprietari dell'agriturismo dovevano aver già allertato le autorità, tuttavia ipotizzò che ci sarebbe voluto del tempo prima che arrivassero a ispezionare Consonno. Se li avesse contattati lui, avrebbe potuto fornire informazioni più precise e accelerare i soccorsi. Di contro coinvolgere la signora avrebbe significato mettere a rischio la sua vita. Una nuova decisione terribile era in attesa di essere presa: coinvolgere la donna o lasciarla andare via.

– VIII –

Ogni minuto e ogni secondo potevano essere determinanti per salvare la vita ai suoi amici, di questo era più che convinto. Con cautela uscì dal suo nascondiglio e avanzò verso la signora.

La donna sussultò vedendolo arrivare con addosso la mimetica zuppa di acqua e fango.

«Signora, non abbia paura» esordì Lucio, cercando di non alzare troppo la voce. «Ho bisogno del suo aiuto: dei delinquenti hanno preso in ostaggio alcuni miei amici. Mi serve il suo telefono per chiamare i Carabinieri, per favore» spiegò, realizzando solo in quel momento quanto potesse risultare assurda la sua storia.

La signora Carmela indietreggiò di qualche passo, osservandolo con gli occhi spalancati. Anche la cagna studiò lo sconosciuto, emettendo un lieve ringhio.

«La prego è davvero urgente» continuò Lucio.

«Io… non…» balbettò la signora, spaventata e confusa per quell'incontro inaspettato.

L'imbarazzo fu spezzato dall'improvviso arrivo di altri due uomini con le pistole in pugno, minacciosamente puntate verso Lucio. «Signora siamo della Polizia. Quest'uomo è un ricercato. Si allontani subito, è molto pericoloso» ordinò uno dei due, mostrando velocemente un tesserino plastificato.

«Dio mio!» esclamò la donna, sempre più spaventata. La cagna Flora iniziò a ringhiare più forte.

«Non li ascolti, signora, sono impostori! Scappi e chiami il 112!» implorò Lucio.

Carmela, impietrita per la paura, non riuscì a muoversi. Il ringhio di Flora si trasformò in abbaio.

«Mani in alto!» ordinò il falso poliziotto.

A Lucio non restò altra cosa da fare che obbedire. Riconobbe Marco e Franco: immaginò che fossero ancora piuttosto incazzati.

«Torni a casa, signora, qua ci pensiamo noi.»

La signora si riscosse e fu ben felice di allontanarsi in direzione della chiesa, tirando Flora con il guinzaglio.

«Tu inginocchiati, stronzo!» intimò con rabbia Marco, confermando i timori di Lucio.

Franco si affrettò a legare i polsi del prigioniero dietro la schiena con delle fascette di plastica. «Hai ferito due dei nostri, brutto figlio di puttana. Non hai idea di come te la faremo pagare.»

Deglutendo un grumo di saliva, Lucio realizzò di essere davvero fottuto.

Una Subaru Forester risaliva lentamente la strada dissestata che conduceva a Consonno. Il motore del veicolo brontolava come un animale in agguato. A bordo c'era una squadra API dei Carabinieri, quattro operatori in tutto, tre uomini e una donna. Avevano ricevuto una chiamata urgente riguardante una sparatoria e altri strani movimenti intorno al paese fantasma. Essendo la segnalazione arrivata dall'ex comandante della caserma di Olginate, era stata presa con la massima serietà.

Il SUV arrivò in vista di Consonno. Il paese abbandonato era ammantato di un'atmosfera spettrale: il vecchio minareto, l'imponente edificio abbandonato, i cui muri laterali erano coperti di graffiti, era circondato da alberi che lo nascondevano parzialmente alla vista.

«Fermati qui» ordinò il maresciallo Russo alla conducente, l'appuntato Giulia Rabai.

Il mezzo venne fermato prima dell'ingresso in paese e gli operatori smontarono senza perdere tempo. Controllarono i loro fucili d'assalto Beretta ARX 160, sistemarono i giubbotti antiproiettile e diedero un'ultima occhiata alle attrezzature.

L'aria era elettrica, carica di attesa. Per tutti si trattava della prima operazione che poteva rivelarsi davvero pericolosa.

«Seguitemi. Occhi aperti!» sussurrò il maresciallo Russo.

La squadra s'inoltrò nel paese, camminando con attenzione per evitare di fare rumore. Si muovevano in silenzio e con l'efficienza di una squadra ben addestrata.

I quattro carabinieri, avanzando in mezzo a un gruppo di folti alberi, le cui fronde frusciavano lievemente, arrivarono in vista del minareto. La torre svettava su un fianco dell'edificio, una tetra rovina che resisteva ancora come lo sbiadito ricordo di uno splendore ormai passato. La zona era deserta e tuttavia un movimento fugace tra gli archi che contornavano la costruzione attirò l'attenzione del maresciallo.

«Nico, prendi posizione a destra. Giulia a sinistra, Giacomo dietro con me.»

L'appuntato Nicola Savoia annuì e scomparve rapidamente tra gli alberi, insieme a Giulia Rabai, per raggiungere le rispettive postazioni. Il carabiniere scelto Giacomo Di Lorenzo seguì Russo più vicino al minareto.

Il maresciallo si inginocchiò dietro un grosso tronco spezzato e sollevò il binocolo per osservare l'edificio. Vide un'ombra muoversi dietro una finestra dalla vetrata spaccata. «C'è qualcuno dentro» mormorò.

Rabai, che si era avvicinata al lato sinistro, sussurrò nel microfono del suo auricolare: «Due soggetti armati di pistola davanti all'ingresso».

Il maresciallo annuì, pur sapendo che nessuno poteva vederlo. «Informo il comando. Procediamo con cautela. Prendiamo posizione e attendiamo il via libera. Non corriamo rischi inutili.»

«Ricevuto.»

Russo prese la radio e si mise in contatto con i superiori. «Comando da API1: squadra in posizione. Due soggetti armati in vista. Almeno un altro dentro un edificio. Attendo disposizioni.»

«Movimento in arrivo dalla strada» avvisò improvvisamente Savoia, dalla sua posizione defilata.

Russo e il resto della squadra si congelarono in attesa di capire meglio la situazione.

Lucio era trascinato con forza lungo la strada deserta da Marco e Franco. I sequestratori non parlavano, ma si limitavano a spingerlo e strattonarlo, ignorando le sue proteste. Il cuore di Lucio batteva furiosamente nel petto, l'angoscia e il terrore gli stringevano la gola. Sentiva il rumore dei loro passi sul terreno umido e il vento freddo che gli sibilava intorno, ma soprattutto l'odore di morte che sembrava pervadere l'aria.

Quando raggiunsero l'edificio, Lucio fu spinto con brutalità attraverso una porta cigolante. Sentì il rumore del legno marcio sotto i suoi piedi e un improvviso odore di muffa e decomposizione. Roberto e Gianni, di guardia all'ingresso, si fecero una sonora risata.

Marco scaraventò il prigioniero in avanti, facendolo inciampare e cadere a terra.

«Bentornato» lo accolse Leone dietro di lui, con gelida ironia. «È stata piacevole la tua passeggiata?»

Con le mani che mani tremavano, Lucio tornò a fatica in piedi prendendo coscienza dell'orrore che lo circondava: i corpi di Giulio, Dino e Gioele giacevano scomposti nella stanza, gli occhi spalancati e vuoti. Le loro ferite raccontavano una storia di dolore e violenza.

Soffocò un urlo, mentre la sofferenza nel suo petto diventava insopportabile. «No, no, no, no...» balbettò. Le lacrime cominciarono a rigare lungo le sue guance ricoperte di fango e sporcizia. «Giulio... Dino... Gioele...»

Non era tutto. Nella penombra, scorse altre due figure a terra. Erano i due uomini che aveva ferito durante la fuga, vivi ma malconci. Espressioni furiose stampate in faccia.

«Guarda cosa hai fatto a Beppe e Salvatore» sibilò Leone, con un tono gelido. «Hai combinato tutto questo casino per nulla.»

Lucio sentì il mondo girare intorno a lui. Le immagini dei suoi amici uccisi, i lamenti dei feriti e il freddo giudizio negli occhi di Leone si mescolavano in un vortice di disperazione. Il dolore era troppo forte per essere sopportato.

«Perché?» riuscì a dire, con la voce rotta dai singhiozzi.

«Perché hai voluto fare l'eroe» rispose Leone. «E ora la pagherai cara.»

«Io...» Lucio cercò di parlare, ma le parole morirono sulle sue labbra quando il primo pugno gli colpì lo stomaco, facendolo piegare in due dal dolore. Leone lo colpì ancora e poi ancora. Ogni pugno che affondava nelle carni di Lucio era un castigo brutale per la sua fuga.

«Davvero credevi di poterti nascondere da noi?» urlò l'aguzzino, con il volto deformato dalla furia. Ogni parola era accompagnata da un altro colpo, un altro atto di violenza che lasciava il prigioniero sempre più debole e insanguinato.

Lucio gemette, incapace di difendersi, il suo corpo era divenuto ormai un involucro di dolore e disperazione. Le immagini dei suoi amici morti lo tormentavano, rendendo ogni pugno ancora più devastante. Sentiva il gusto del sangue in bocca e il suono delle ossa che si incrinavano sotto i colpi incessanti di Leone.

La vibrazione improvvisa di uno smartphone interruppe quel momento di follia. Leone lasciò andare Lucio, che cadde a terra come una marionetta senza fili, inerme e tremante. Si affrettò a rispondere al telefono. «Sì?»

«Ho appena saputo che è stata attivata una squadra API. Potrebbero già essere da voi» annunciò la voce dall'altro capo.

«Ne sei sicuro?»

«Sì, i carabinieri sono sulle vostre tracce. Se non vi muovete subito siete fottuti!»

La rabbia negli occhi di Leone si trasformò in una preoccupazione fredda e calcolatrice. «Ricevuto. Ce ne andiamo.»

Marco si avvicinò al suo capo. «Problemi?»

«C'è una squadra API in arrivo.»

«Merda!»

«Tranquillo. Chiudiamo questa storia e andiamo via.»

Steso sul pavimento, Lucio capì di essere arrivato al capolinea. Da grande appassionato di tematiche militari quale era, conosceva le squadre API dei carabinieri. I soccorsi potevano essere vicini e, tuttavia, non abbastanza per salvarlo. Vedere spuntare una pistola nella mano di Leone lo convinse della correttezza della sua supposizione.

«Lucio, hai dimostrato coraggio, non posso negarlo. Vorrei che avessimo un'alternativa, ma purtroppo non ne esiste una.» La sua voce era tornata all'improvviso calma.

Lucio sollevò lo sguardo, i suoi occhi erano pieni di dolore, rabbia e rassegnazione.

Leone caricò il colpo in canna e rimosse il caricatore. «Marco, tienilo sotto tiro.»

«Che vuoi fare?»

«Fa quello che ho detto!»

Marco obbedì a malincuore. Estrasse la pistola e la puntò alla testa di Lucio.

«Bene.»

A sorpresa, Leone consegnò la sua arma al prigioniero. «Ti offro una via d'uscita onorevole. Un solo colpo. Fai la scelta giusta.»

Marco deglutì, sorpreso da ciò che stava accadendo davanti ai suoi occhi, e si lamentò: «Non abbiamo tempo da perdere con queste stronzate!»

Leone annuì senza distogliere lo sguardo da Lucio. «Lo so, ma questo deve essere fatto.»

Lucio, con mani tremanti, prese la pistola. Sentiva il peso freddo dell'acciaio dell'arma, un'ultima prova del suo destino ormai segnato. Guardò Leone negli occhi, cercando inutilmente una scintilla di umanità in quel volto impassibile.

Lentamente portò la pistola alla testa. Il metallo freddo contro la sua tempia era un ultimo, gelido, tocco della realtà. Chiuse gli occhi, cercando di trovare un minimo di pace nei suoi ultimi istanti.

Marco, dal canto suo, osservava la scena con crescente ansia. «Leone, dobbiamo muoverci» insistette. La sua voce era incrinata dal nervosismo. «I carabinieri potrebbero essere qui da un momento all'altro.»

«Ho capito.»

Leone fece un passo indietro, puntando lo sguardo su Lucio. «Sbrigati. Non abbiamo tutto il tempo del mondo.»

Lucio inspirò profondamente. Ogni battito del suo cuore era come un rintocco funebre. Pensò ai suoi amici, a tutto ciò che aveva perso. Sollevò le palpebre e guardò Marco, sempre più impaziente di andarsene. Poi, con un ultimo, disperato sospiro, chiuse di nuovo gli occhi.

Gli uomini di Leone erano già fuori dall'edificio. Sebastiano e Franco si erano offerti volontari per aiutare i compagni feriti. Roberto e Gianni tenevano d'occhio l'area intorno al minareto alla ricerca di segnali di pericolo. Tutti quanti avevano estratto le loro pistole.

«Non mi piace» disse Gianni.

«Neanche a me» ribatté Roberto. In quel momento notò qualcosa che lo allarmò: una sagoma scura in mezzo agli alberi.

«Sono arrivati!» avvisò.

La squadra API uscì in quel momento dalla boscaglia, con i fucili pronti a sparare. «Carabinieri! Gettate le armi!»

«Col cazzo!» rispose Gianni, aprendo il fuoco.

Dentro l'edificio, il rumore della sparatoria che era

appena scoppiata, creò un attimo di smarrimento generale. Leone si voltò verso la finestra, cercando di capire cosa stesse accadendo fuori. Marco, già nervoso, fece un passo indietro tenendo la pistola sempre puntata sul prigioniero.

Fu in quel momento che Lucio vide la sua opportunità: senza esitare rivolse la pistola contro Marco e tirò il grilletto.

Il proiettile esplose dalla canna e l'uomo, centrato al petto, venne scagliato all'indietro come un manichino. Mentre cadeva a terra, con il viso deformato dalla sorpresa e dal dolore, tirò d'istinto il grilletto. Le due detonazioni quasi simultanee fecero trasalire Leone. La pallottola di Marco mancò Lucio di pochi centimetri, colpendo il muro dietro di lui.

Leone si voltò, la rabbia ora mescolata a una fredda determinazione. «Maledetto figlio di puttana!» urlò.

La luce del tardo pomeriggio, che filtrava attraverso le finestre rotte della vecchia struttura abbandonata, gettava lunghe ombre sui muri scrostati. L'aria era impregnata dell'odore di muffa e polvere. Nel salone principale, circondato da mobili rotti e detriti sparsi, Lucio stava in piedi, barcollando leggermente, con il viso tumefatto e sanguinante. I suoi respiri erano affannati, ogni movimento gli causava un dolore lancinante. Intanto, all'esterno, la sparatoria si faceva più accesa.

Di fronte a lui, Leone lo fissava con uno sguardo glaciale. «Pensi davvero di poterti mettere contro di me?» ringhiò con voce tagliente, avvicinandosi a Lucio con spavalderia. «Hai fatto l'ultimo errore della tua vita.»

Lucio, con un occhio quasi chiuso e un labbro spaccato, strinse i denti. Non aveva scelta: doveva difendersi. Con un grido di rabbia e disperazione si lanciò contro l'avversario. Effettuò un perfetto placcaggio da giocatore di rugby che Leone non riuscì a evitare. I due caddero a terra avvinghiati, rotolando tra i detriti. Lucio sentiva le costole dolergli a ogni movimento, ma la sua determinazione lo spinse a ignorare la sofferenza.

La lotta fu feroce e caotica. Volarono pugni da ambo le parti, i fiati ansimanti si mescolarono. Lucio si ritrovò l'orecchio del contendente davanti alla bocca. Senza pensarci, morse la morbida cartilagine fino a quando non sentì sul palato il sapore ferroso del sangue. Leone gridò come una bestia ferita. Lucio si guardò rapidamente intorno: la pistola di Marco era a pochi passi da lui. Rotolò su un fianco e si rimise faticosamente in piedi. Rialzandosi raccolse uno dei pezzi di mattone che ricoprivano il pavimento assieme ad altri rottami. Lucio guardò Leone, anche lui aveva adocchiato l'arma abbandonata, poi, senza esitare, scattò verso l'avversario e lo colpì con violenza alla tempia destra con il pezzo di mattone. Leone grugnì di dolore e cadde a terra, sanguinante. Lucio ne approfittò per colpirlo con un calcio al fianco che lo fece piegare. Leone tentò di reagire, ma era ancora stordito e i suoi riflessi erano rallentati. Lucio intravide la possibilità di chiudere la lotta e non perse tempo: alzò la mano armata di mattone e la calò ancora sulla testa dell'uomo che lo aveva trascinato in quell'incubo poi, muovendosi con tutta la velocità che poteva, raggiunse la pistola e la raccolse. Si voltò lentamente verso Leone, ancora stordito dall'ultimo colpo subito. Un grosso bozzo era già comparso sulla fronte.

«Finisce qui» sibilò ansimando Lucio, cercando di mantenere ferma la mano con la quale impugnava la pistola. «Tu e i tuoi scagnozzi avete fatto abbastanza danni.»

Leone si rialzò, barcollando, dal pavimento. «Non hai il coraggio di sparare» lo sfidò. Il suo sorriso era sprezzante, ma i suoi occhi tradivano una scintilla di paura.

Lucio avanzò di un altro passo con la pistola saldamente puntata sull'avversario. Con la mano sinistra gli afferrò il collo e lo spinse contro il muro. Premette la canna dell'arma sul petto del nemico. «Non sfidarmi» intimò, con voce bassa e minacciosa. «Ormai non ho più niente da perdere.»

Leone tentò di reagire, cercando debolmente di colpire Lucio con un pugno al fianco, ma Lucio, con un'energia rinnovata dalla disperazione, schivò il colpo e spinse il suo nemico ancora più forte contro il muro. La vecchia carta da parati si strappò sotto la pressione.

Il silenzio tra loro era carico di tensione, rotto solo dai respiri affannosi di Lucio. Anche il vecchio edificio sembrava trattenere il fiato, aspettando la prossima mossa.

Fu Leone a cedere, abbassando lo sguardo per un momento. «Va bene. Hai vinto tu» mormorò. «Sparami, se non lo fai tu, ci penseranno loro.»

Lucio tremava, il dito sul grilletto, ma le parole di Leone lo fermarono. «Loro chi?»

«Prima di morire, il tuo amico Dino li ha chiamati "Consorzio". L'unica cosa che so è che controllano praticamente tutto in Italia. Non si fermano davanti a niente e possono arrivare dovunque vogliano.»

Quella rivelazione confuse ancora più Lucio. Chi poteva essere così potente?

Fuori gli spari erano cessati. Leone riprese a parlare, la voce era rauca ma sicura: «Stanno arrivando i Carabinieri. Se vuoi sopravvivere, racconta loro che non sai nulla di questa storia. Non menzionare né Bassich, né il Consorzio».

La pistola tremante stretta in mano, Lucio era combattuto: desiderava vendetta, voleva che Leone pagasse per tutto ciò che aveva fatto, soprattutto per la morte dei suoi amici, ma tuttavia non aveva mai ucciso nessuno a sangue freddo. Ne sarebbe stato capace?

Leone era pronto a chiudere il sipario. «Dai, Lucio. Fallo. Dimostra che sei migliore di me.»

– IX –

I proiettili sibilarono a pochi centimetri dalla testa del maresciallo Russo, costringendolo ad abbassarsi dietro il tronco di un albero. Anche se non era stato preso di mira, Di Lorenzo si sdraiò sul fogliame zuppo d'acqua.

«Rispondere al fuoco! Rispondere al fuoco!» ordinò Russo usando il microfono.

Dalle loro postazioni tra la vegetazione, Nicola Savoia e Giulia Rabai fecero cantare i loro ARX 160. Quattro tiratori in abiti civili furono abbattuti dai proiettili calibro 5,56x45.

Il resto degli ostili rimase spiazzato per un istante, come animali abbagliati dai fari notturni. Giusto un istante. Il più grosso del gruppo urlò qualcosa e sparò in direzione del maresciallo. I colpi risultarono sparpagliati e nervosi, ma comunque sortirono il loro effetto: i carabinieri si gettarono di nuovo a terra. I due uomini rimasti si misero a correre in direzioni diverse.

«Oh! Oh! Fermo! Fermo!» urlò Di Lorenzo, rialzandosi in ginocchio e puntando l'arma verso l'uomo che si stava spostando verso il suo settore di responsabilità. Giulia Rabai corse a fianco del collega e puntò il fucile a sua volta. Nonostante la sua figura minuta, accentuata solo dall'elmetto e dall'ingombrante giubbotto antiproiettile, scattò come una molla. L'ostile si fermò disorientato e per un attimo sembrò alzare le mani, ma poi le sue braccia si irrigidirono mentre puntava la pistola verso Di Lorenzo. Il carabiniere si congelò: era la prima volta che gli puntavano contro un'arma in un contesto reale. Lo schianto secco e rabbioso di due proiettili echeggiò rapido nell'aria. Due sottili bossoli incandescenti rimbalzarono sulla guancia sinistra Di Lorenzo. L'uomo in abiti civili crollò di colpo sul bacino, come se avesse provato a sedersi su di una seggiola invisibile, si guardò il petto deve erano apparsi due piccoli fori all'altezza dello sterno, quindi stramazzò sulla schiena con gli occhi sbarrati e la bocca bloccata in un ultimo respiro. Di Lorenzo si girò di scatto verso Rabai, che aveva ancora il dito sul grilletto, e la canna del suo fucile fumante. Il suo viso era tirato e gelido come una lastra di ghiaccio.

Savoia e Russo stavano inseguendo il secondo fuggitivo, quello che aveva aperto il fuoco per primo.

«Nico, coprimi!» Russo balzò fuori dal suo riparo e iniziò a rincorrere l'uomo, tenendo il fucile a candela. Savoia portò il puntino del suo collimatore sulla figura in fuga.

«Fermati! Fermati!» intimò Russo tra una falcata e l'altra.

Il maresciallo annullò metro dopo metro la distanza che lo separava dal fuggitivo. Quest'ultimo inciampò con un gemito e fece un ruzzolone in avanti. Russo, ormai lanciatissimo nella rincorsa, saltò l'uomo per evitare di incespicare a sua volta. Poi, dopo il breve balzo quando rimise i piedi a terra, si girò di scatto e puntò l'ARX. Il fuggiasco rotolò rapidamente di lato con l'arma già pronta e piazzò due proiettili al centro del giubbotto del carabiniere, il quale accusò il colpo come se avesse incassato due rapide e violente martellate. Nonostante ciò, rimase in piedi: la piastra balistica aveva fatto egregiamente il suo lavoro. Russo scartò di lato e premette il grilletto cinque volte. L'uomo si raggomitolò in posizione fetale. Dopo un istante le sue membra si rilassarono e una pozza di sangue iniziò ad allargarsi sotto di lui.

«Non c'è più tempo. Stanno arrivando.»

«Vaffanculo!» ringhiò Lucio, tenendo l'arma puntata.

«Fai quello che devi fare. Tanto sono già un uomo morto. Fallo! Forza! Fallo e basta!» lo esortò Leone.

Lucio incominciò a rimbalzare con lo sguardo tra l'ingresso della stanza e Leone. Le sue mani iniziarono a tremare senza controllo.

«Spara!»

Il viso di Lucio divenne una maschera grottesca di lacrime, dolore e paura.

«Ho ammazzato i tuoi amici! Uccidimi!»

Suoni confusi all'esterno. Una voce autoritaria che dava istruzioni.

«Fallo!»

Quattro figure scure apparvero sulla soglia come Cavalieri dell'Apocalisse.

«Carabinieri! Getta l'arma!»

Lucio lanciò via la pistola con un urlo di frustrazione. Leone abbassò la testa, sconfitto. I carabinieri si guardarono intorno sbigottiti, senza riuscire a trovare un senso in quella mattanza.

«Stenditi a terra! Subito!»

Obbedire. Unica opzione possibile. Lucio si sdraiò sul lerciume che ricopriva il pavimento. I suoi occhi incrociarono quelli dell'uomo che aveva ucciso i suoi amici.

«Non dire nulla. È la tua unica possibilità di vivere»

sussurrò Leone.

Rumore di scarponi che battevano sul pavimento. Ancora una difficile decisione da prendere per Lucio.

Forte Braschi, Roma

L'ammiraglio Scapati scosse la testa. Non riusciva a credere a ciò che era accaduto in quello sperduto paese fantasma del Nord Italia. Seduto alla scrivania del suo ufficio, imprecò sottovoce per cercare di digerire le notizie ricevute. Una squadra di professionisti, se così si potevano chiamare, si era fatta mettere sotto da un gruppetto di giocatori di softair. Lo scontro aveva lasciato parecchi cadaveri in giro e troppe domande che reclamavano una risposta. La caccia a Ferrone e ai suoi compagni di avventura si stava rivelando una fastidiosa spina nel fianco. Ciò che irritava di più Scapati era la certezza che sarebbe toccato a lui ripulire quel casino.

Giusto il tempo di formulare quel pensiero e lo Stealth Phone criptato appoggiato sulla scrivania iniziò a vibrare. Non ebbe bisogno di leggere il numero sul display per capire chi lo stava chiamando.

«Scapati.»

«Buongiorno, ammiraglio. La disturbo?»

«Lei non disturba mai, avvocato.»

L'uomo dall'altro capo della linea faceva da tramite con l'entità a cui Scapati aveva venduto l'anima in cambio di successo e potere: il Consorzio.

«La contatto per chiederle se ha già saputo cosa è successo poco fa a Consonno.»

«Ne sono a conoscenza.»

«Bene. I miei clienti vorrebbero che lei sistemasse la faccenda.»

Scapati strinse un pugno per imporsi di calmarsi. «Me ne occuperò immediatamente, però ci tengo a precisare che avevo detto ai suoi clienti che mi sarei occupato io di Ferrone. Questa iniziativa non concordata ha complicato le cose.»

«I miei clienti non devono rendere conto a nessuno. Tantomeno a lei, ammiraglio.»

«Non volevo dire questo. È solo che...»

«Si limiti a trovare una soluzione, per favore.»

Scapati ingoiò il grosso rospo. L'avvocato sapeva essere cordiale e minaccioso al tempo stesso. «Va bene. Provvederò quanto prima.»

«È quello che i miei clienti vogliono sentire. Buon lavoro e buona serata.»

«Anche a lei.»

Nel chiudere la comunicazione, Scapati si accorse di tremare dalla rabbia. Fece qualche respiro profondo per calmarsi. Quando si sentì più tranquillo, aprì un file sul computer. Era la scansione di una patente.

Lesse il nominativo dell'intestatario ad alta voce: «Lucio Rampi».

– X –

Epilogo

Lecco

Il tavolo era collocato in un'ottima posizione. Attraverso la vetrata, il lago appariva come una lastra scura che rifletteva le luci dei lampioni stradali. L'odore di pesce grigliato stuzzicava l'appetito di Lucio. L'appuntamento era stato fissato fin troppo tardi per le sue abitudini: le 21.00. Di solito a quell'ora era già buttato sul divano a guardare qualche film.

Dopo i fatti di Consonno, la sua vita era tornata quella di prima. Lavoro, qualche uscita con gli amici, un po' di svago ma niente più softair. Non aveva mai più giocato e aveva addirittura buttato armi e attrezzatura. Ogni cosa gli ricordava i suoi amici uccisi.

Qualcosa però era cambiato. Essendo l'unico sopravvissuto della mattanza, Lucio aveva attirato subito le attenzioni dei media. Diverse interviste e qualche comparsata in televisione. Seppur tentato di raccontare tutto quello che era successo, aveva deciso alla fine di seguire il consiglio di Leone. Si era limitato a dire che non sapeva per quale motivo lo avessero sequestrato insieme ai suoi amici. Il potente Consorzio aveva mosso gli ingranaggi per fare in modo che anche Dino e Giulio risultassero invischiati nella montatura del traffico internazionale di droga con cui avevano accusato Bassich, Ferrone e Linda Moser. Gli uomini che li avevano sequestrati a Consonno erano stati fatti passare per una banda rivale di trafficanti. Regolamento di conti tra criminali. Caso chiuso. Titoloni sui giornali, servizi in televisione, grande interessamento su tutti i social.

Anche Leone aveva tenuto la bocca chiusa. Si era avvalso della facoltà di non rispondere di fronte al magistrato. La sua reclusione era durata meno di una settimana. Un agente della penitenziaria lo aveva trovato morto in una cella, una fascetta di plastica stretta al collo. Suicidio. Almeno secondo la versione ufficiale.

Lucio si era sentito in colpa per l'inattesa notorietà. Ancora di più lo tormentava il fatto di aver taciuto di fronte alle infami accuse rivolte a Giulio e Dino. Non meritavano di essere ricordati così. Ciò nonostante, Lucio rimaneva convinto che il silenzio rappresentasse l'unico modo per restare vivo. Soprattutto dopo la morte di Leone.

Il menù tra le mani, Lucio si concentrò su cosa avrebbe scelto per cena. Di fronte a lui era seduta una bella bionda sui quarant'anni. Anche se l'appuntamento non era uno di quelli galanti, Lucio si sentiva lo stesso agitato. La donna era la redattrice di una nota casa editrice e aveva voluto incontrarlo per proporgli la realizzazione di un libro che riguardava i fatti di Consonno.

«Sembra tutto molto buono, non saprei cosa scegliere» disse la donna, gli occhi azzurri fissi sul menù.

«Le consiglio il coregone gratinato» propose Lucio.

La donna appoggiò l'indice della mano destra sul labbro. «Mmm... interessante. Comunque, se non ti dispiace diamoci pure del tu. E puoi chiamarmi Ada.»

«Va bene. Tu chiamami Lucio.»

La cena proseguì in modo piacevole. Ada parlò della sua idea per il libro e fece alcune domande su ciò che era accaduto. Dopo il dessert, parve soddisfatta. «Tutto squisito.»

«Ne sono felice» rispose Lucio, pulendosi la bocca con il tovagliolo.

«Che te ne pare delle mie idee per il libro?»

«Le trovo molto interessanti.»

«Mi fa piacere. Eppure, c'è ancora qualcosa che non mi torna in questa storia.»

«Cosa?»

Ada ridusse la distanza con fare cospiratorio, appoggiando i gomiti sul tavolino. «Come è possibile che i tuoi amici fossero dei trafficanti di droga? C'è qualcosa che non hai raccontato?»

Lucio rimase atterrito a quelle parole. Gli parve che lo sguardo di Ada fosse cambiato, una strana luce brillava nei suoi occhi. La tentazione di raccontare tutto fu forte. La verità premette per uscire dalla sua bocca. Dino e Giulio reclamavano giustizia.

Vuoi fare la mia fine? La voce di Leone gli attraversò la mente come un proiettile. Per un momento immaginò se stesso impiccato al lampadario del salotto.

Non posso! Perdonatemi, amici!

«Ho raccontato tutto quello che so. Anche se è difficile crederlo, a volte non conosciamo fino in fondo le persone che ci stanno vicine. Vorrò sempre bene a Dino e Giulio, ma a quanto pare erano dei trafficanti di droga.» Dopo quelle parole dovette trattenere un conato di vomito.

La donna annuì e sollevò il calice in aria. «Un brindisi al futuro best seller?»

Lucio si sforzò di sorridere. «Al futuro best seller!»

Dieci minuti più tardi, Ada si congedò da Lucio e salì a bordo di un taxi. Prese il suo smartphone e fece partire una chiamata.

«Sì?» gli rispose un uomo dopo appena un paio di squilli.

«Buonasera, volevo informarla che può stare tranquillo: si atterrà alla versione ufficiale.»

GLI AUTORI

Danilo Bonometti è nato a Riva del Garda in Trentino nel 1967, dove lavora come Osteopata libero professionista. Dopo la maturità scientifica si è laureato in Scienze Motorie, diplomato massofisioterapista e ha completato gli studi con un degree in Osteopatia.

Da sempre appassionato lettore di romanzi thriller e action, con Tripla E ha pubblicato il racconto *Il DNA del ranger* nell'antologia *Cento racconti per un lungo viaggio*, 2024.

Alessandro Cirillo è nato nel 1983 in provincia di Torino, è marito di Roberta e papà di Sofia. In passato ha praticato il Krav Maga, ora si dedica al ciclismo; dal 2006 fa il Capotreno a Torino e si reca al lavoro in treno, ovviamente, così trova anche il tempo per leggere. Con Tripla E ha pubblicato i romanzi: *Attacco allo Stivale*, *Nessuna scelta*, *Trame oscure* (secondo classificato al Premio Piersanti Mattarella 2015), *Schiavi della vendetta*, *L'oro di Gorgona*, *armaBianca*, ed ha autopubblicato *Pericolo all'ombra degli invincibili*. A quattro mani con Francesco Cotti ha scritto *Protocollo Granata* (2020), *Pedine sacrificabili* (2021) *e Gladio alato. Ostaggi della disperazione* (2024),, mentre dalla collaborazione con Giancarlo Ibba è nata la "trilogia del sangue", tre romanzi, come i precedenti, ascrivibili al genere "action tricolore": *Angelus di sangue*, *Binari di sangue*, *Giungla di sangue*, tutti con Tripla E. Con Stefania Napoli, ha selezionato e curato i racconti per l'antologia *Cento racconti per un lungo viaggio* (Tripla E, 2024).

Francesco Cotti nasce a Parma nel 1971, ed è un appassionato runner e praticante di Arti Marziali Filippine. Il suo interesse per le tecnologie militari inizia fin dall'adolescenza, attraverso la lettura dei romanzi di Larry Bond, Craig Thomas e Tom Clancy.

Grazie al suo lavoro come consulente tecnico, ha modo di conoscere e stringere rapporti a tutti i livelli con le Forze Speciali: fortemente ispirato da aneddoti raccolti nell'ambiente, esordisce con il romanzo *La Giusta Decisione* (2007), a cui faranno seguito *Futuro Ignoto* (2012), *Collera dal Mare* (2016), *Strategie Alternative* (2017), *Run Hide Tell* (2018).

Con Tripla E ha pubblicato i romanzi di genere "action tricolore" *Protocollo Granata* (2020), *Pedine sacrificabili* (2021) e *Gladio alato. Ostaggi della disperazione* (2024), scritti a quattro mani con Alessandro Cirillo.

Paolo Fiorino è nato nel 1968 a Milano, dove vive e lavora. Appassionato da sempre di cinema, storia e lettura, ama gli autori più disparati. Dalla lettura alla scrittura, il passo è stato breve. Nel 2013 ha pubblicato con Tripla E il suo primo romanzo, *Eroi nel nulla*, nel quale rievoca la grande, terribile battaglia di Bir El Gobi (1941); ha fatto seguito, nel 2017, *Eroi dimenticati*, ambientato negli anni della Seconda Guerra Mondiale. Con *Eroi nascosti* l'avventura e la ricerca storica si spostano invece negli anni 1915-1916, durante la Prima Guerra Mondiale. Ha inoltre partecipato, con tre racconti, all'antologia *Cento racconti per un lungo viaggio*, edizioni Tripla E, 2024.

Giancarlo Ibba (Cagliari, 1972), scrive da sempre, ma ha cominciato a pubblicare soltanto nel 2012 con EEE il romanzo splatter *La vendetta è un gusto*, al quale hanno fatto seguito *L'alba del sacrificio* e *C'era una volta in Sardegna*, romanzi che lo consacrano come "inventore" del genere gotico sardo. Con *Omniland*, Giancarlo ha sperimentato il genere fantascientifico e, sotto pseudonimo, ha anche pubblicato un romanzo d'amore, che qui non ci è concesso citare.

Scritto a quattro mani con Cinzia Morea, ha visto la luce *Lo Spirito del Lago*, un giallo-noir, mentre la collaborazione con Alessandro Cirillo ha prodotto tre *action thriller* di genere "tricolore": *Angelus di sangue*, *Binari di sangue* e *Giungla di sangue*. *L'Isola dei Morti* è il decimo romanzo, anche questo per i tipi di Tripla E. Nel 2024 ha partecipato con due racconti all'antologia *Cento racconti per un lungo viaggio*, sempre della stessa Casa Editrice.

Alessio Virdò nasce a Pinerolo (TO) nel 1976 e dagli anni della scuola media inizia ad appassionarsi e documentarsi su tutto ciò che riguarda il mondo militare, con particolare focus sulle forze speciali italiane e straniere. Assiduo lettore di romanzi con trama techno-thriller, nel 2016 scopre la presenza, nel panorama letterario italiano di trame con protagonisti personaggi e reparti militari italiani e, dopo essere entrato in contatto con uno degli autori del presente libro, Francesco Cotti, decide di mettersi alla prova per cercare di far parte anch'egli del ristretto "Club" che in seguito verrà ribattezzato dagli stessi autori come "Action Tricolore". Con tenacia e sacrifici, riesce ad autopubblicare *Operazione Silent Caiman* (2020) e poi il seguito *Sfida Continua* (2022). Con Cirillo, Cotti e Ibba ha scritto e pubblicato *Ore Contate* (2022).

INDICE

Collana "Adrenalina"

1	Giancarlo Ibba	*La vendetta è un gusto*
2	Alessandro Cirillo	*Attacco allo Stivale*
3	Giancarlo Ibba	*L'alba del sacrificio*
4	Irma Panova Maino	*La resa degli innocenti*
5	Alessandro Cirillo	*Nessuna scelta*
6	Alessandro Cirillo	*Trame oscure*
7	Giancarlo Ibba	*C'era una volta in Sardegna*
8	A. Cirillo, G. Ibba	*Angelus di sangue*
9	Alessandro Cirillo	*Schiavi della vendetta*
10	Alessandro Cirillo	*L'oro di Gorgona*
11	Valeria De Cubellis	*Un salto in paradiso*
12	Stefano Pavesio	*Il cuore sbagliato*
13	Roberto Capocristi	*Una notte per non morire*
14	Alessandro Cirillo	*armaBianca*
15	A. Cirillo, G. Ibba	*Binari di sangue*
16	A. Cirillo, F. Cotti	*Protocollo Granata*

17	Alessandro Cirillo	*Action Tricolore 1*
18	Giancarlo Ibba	*L'Isola dei Morti*
19	Francesco S. Lepore	*La tigre di Shawayni*
20	A.Cirillo, G. Ibba	*Action Tricolore II*
21	Nerio Nannetti	*La principessina dell'Emmett Peak-*
22	Max Cromax	*Kerosene Due Zero 27*
23	A.A.V.V.	*Ultima partita*

www.ingramcontent.com/pod-product-compliance
Lightning Source LLC
LaVergne TN
LVHW041128150826
845673LV00007B/2226

9788855394284